新 潮 文 庫

ぎっちょんちょん

群 ようこ 著

新 潮 社 版

9697

ぎっちょんちょん

エリコがケンジと知り合ったとき、彼女は短大を卒業して結婚式場に勤めたばかりだった。とにかく人が幸せになる仕事がいいと、ブライダル業界に就職先を絞った。昭和から平成に変わり、バブル景気にかげりが見えはじめ、就職状況はどうなるんだろうかと心配したものの、色白華奢《きゃしゃ》で細面《ほそおもて》の美人で見栄《みば》えのする彼女は、難関を突破して業界では評判のよい企業に入社できた。短大の同級生のなかには、希望の業種には就職ができず、泣く泣く他業種に志望を変更しなくてはならない人もいた。エリコにとって思ったより就職は楽だった。

入社式の翌日、会社の大会議室に、男性十人、女性十人の新入社員が集められた。三分の一くらいが転職者のようで、年齢にはばらつきがある。壇上《だんじょう》にいるのは、面接官として会った覚えがある部長の男性と、制服の濃紺のスーツを着て、背筋を伸ばしている、がっしりとした体格の中年女性だった。部長は人当たりのいい、見るからに温厚そうな人だが、女性のほうは一癖も二癖もありそうだった。

（あの人が、いわゆるお局《つぼね》かしら）

エリコは興味津々《しんしん》で、彼女を眺めた。彼女はショートヘアに赤のメッシュを入れ、黒縁の個性的なデザインフレームの眼鏡をかけている。紺色の制服は着ていても、歳《とし》はとっても、ファッションには関心ばりばりという雰囲気をいやというほど醸《かも》し出していた。部長は新入社員を励ます内容の話を終えると、赤メッシュを課長と紹介した。

彼女はマイクを取り、音が割れるぎりぎりの大声で、

「みなさんっ、まずは入社おめでとうございますっ」

といい放った。あまりの迫力に一同はあわてて、ぺこりと頭を下げた。

「あのね、この仕事はね、第一印象がすべてなの。お客様にね、『ああ、この人、感じが悪い』って思われたら、それでおしまいなの。だからみなさん、お互いを見てごらんなさい。感じの悪い人は一人もいないでしょ。そういう方々を毎年、選んでるんですっ。だからいつどんなときも、清潔で感じよく。これを肝に銘じてくださいねっ」

そこへドアを静かに開け、一礼して細身の女性が入ってきた。年齢は三十代半ばくらいで、ヘアスタイルは髪の毛一筋の乱れもないきっちりとした内巻き。制服を着たお人形のようだ。

「今、到着しましたが、この方、みなさんの指導をする責任者の係長ですから、ちょ

っとお話ししていただきましょう」

マイクを受け取ったお人形は、

「新卒の方はお辞儀の仕方も知らないでしょう。まあ、それは当たり前ですけれども、私があなた方にお客様に対する最低限のマナーをお教えする係です。これからよろしくお願いいたします」

きっちりとした話し方だった。室内の空気が緊張したまま、一同はまたぺこりと頭を下げた。

その日の午後から研修がはじまった。女性たちがひとまとめに集められて、化粧の仕方を叩《たた》き込まれた。指導するのは会社のブライダルヘアメイク担当の女性で、

「遊びに行くわけじゃないのだから、かわいくしないように。大人の顔にしつつ冷たい印象にならないように心がけて」

という。へえと思いながらエリコが前に置かれた鏡に向かってメイクをしていると、

「その眉《まゆ》はだめ。もうちょっと眉山をしっかり描かないと。そうしないと顔に説得力がなくなりますからね。それと髪の毛は絶対に垂らしたままにしないでシニョンにしてください」

と注意された。顔の説得力とはどういうものか、いまひとつ理解できなかったが、

いわれたとおりに、眉山を濃いめにしたら、

「ほら、さっきと違うでしょ。こういう顔がお客様の信頼を得るのよ」

といわれた。やっぱりまだわけがわからないので、ただいわれるままやるしかない。

見慣れないヘアスタイルと顔のまま、今度はお辞儀の研修だ。

「あのね、あなたたちのお辞儀ってこうよ。わかる？　首を前に突き出してるだけ」

内巻き係長は真似《まね》をしてみせるが、自分がそんなふうにしているとは思えないので、みな横目で鏡を見ながら首をかしげている。腰からお辞儀をしろといわれても体が動かず、十五度といわれても分度器もないので、わからない。立ったままで何時間もお辞儀をしまくって、

「はい、とりあえず終わりにしましょう」

と声がかかり、ああ終わったと、ほっとしていると、

「今のは会釈《えしやく》のお辞儀で、次は本格的な三十度の角度のお辞儀をやります」

といわれてエリコは脱力した。しかし内巻き係長は容赦なかった。十分間の休憩の後は何度も何度もお辞儀ばかり。

「これができないと、どこに就職してもろくな社員になりませんよ」

と叱《しか》られる。入社して五日間は、ただひたすらお辞儀の練習で、それと共にウォー

キングのレッスンも加わった。歩いてきてお辞儀をする試験も行われ、不合格だと補習だ。エリコは運よく一度で合格したが、なかには緊張しすぎで斜めに歩いたり、絨《じゅう》毯《たん》の上をヒールで歩くものだから、足がもつれて転んだりする子もいて、大変だった。

「今年は覚えが悪いわ」

内巻き係長は暗い顔をした。

それから解放されても、日々、赤メッシュ、内巻き、先輩の目は光っていた。体の前の手の置き方が悪いとか、歩くときに膝《ひざ》が曲がっているとか、気をゆるめているとすぐに叱られた。エリコはウエディングプランナーを希望していた。しかしお辞儀ひとつ、歩き方ひとつ、立ち方ひとつで叱られるこんな有様では、あと百年あっても、とても他人様《ひとさま》の結婚式をプランニングすることなんて、できない気がしてきた。

ある大安の休日、エリコは式場の案内係として、廊下に立っていた。お客様にどこで見られているのかわからないのだから、いつも緊張していろといわれていても、正直、ぼーっとしてしまう時間帯はある。目の前を歩く、晴れ着を着た人々も、目に入らない。そのとき、

「あの、どこにいけばいいっすか」

と男性の声がした。

「は、はい」

あわてて顔を見たとたん、エリコはピンクのハートに包まれてしまった。彼はただにこにこと白い歯を見せて笑っている。

「あ、あの、こちらのお部屋は、まっすぐお進みになられますと突き当たりますので、そこを右に曲がられると、いちばん奥になります」

しどろもどろになって応対すると、彼は、

「まっすぐ行って、突き当たって右の奥ね。どうもありがとう」

とはっきり礼をいい、片手を上げて歩いていった。エリコは頭を下げた。何度も何度も心の中で、彼がいってくれた、「どうもありがとう」を思い出していた。

エリコは顔が濃くて、日に焼けて明るい性格の男性が好みだった。高校生のときに付き合っていたのも、水泳部の日に焼けた男の子で、周囲からは、

「笑うと歯しかわからない」

といわれていたが、真っ黒ななかに白い歯がこぼれると、それがとてもすがすがしい。しかし二年生の夏休み明けに、

「これから、受験の大事な時期だから」

と一方的に別れを告げられた。好きな相手には強く文句がいえない性格のエリコは、

体育館の横で、

「うん、わかった」

と泣く泣く承諾したのである。それで彼の受験がうまくいったかというとそうではなく、エリコは短大に一発合格したが、彼は結局、二浪した。

「何なのよ〜」

とがっかりしたけれど、仕方がないと復縁はあきらめた。

短大に通っているときは学生からおやじまで、何度もナンパされたりしたが、おやじには興味がないのですべて断り、学生とは友だち付き合いで終わっていた。学校で好みの男性の話になると、

「エリコちゃんの場合は、中南米に行けばOKじゃない。もうあっちに行くしかないね。コーヒーの輸入会社とか、マラカスを作ってる会社に就職したら」

などと同級生にからかわれた。たしかに顔立ちはそれに近いが、中南米人がいいというわけではない。アジア人でそういうテイストの顔が好きなのだ。

それを絵に描いたような見本が彼だった。若くて礼服が全く顔や体になじんでいないのも好ましく、

(あんな理想の人がいたなんて)

とエリコはそこに立っていながらも、背中に小さな羽が生えて、床から三十センチくらい上を羽ばたいているような気分だった。

「ちょっと、アシダさん！」

幸せのひとときをぶち破ったのが、赤メッシュだ。お客様もいるので、さすがにいつもの胴間声は押し殺していたが、ぐっとエリコの耳に口を寄せ、

「今、気を抜いてましたねっ」

とささやいた。

「い、いいえ、そんなことはありませんです……」

「そうお？　なんだか緊張感のない、間抜けた顔をしてましたけど。今日はこれだけたくさんのお客様がいらしているのだから、決して気を抜いてはいけませんよ。わかりましたかっ。緊張しつつ笑顔で。わかりましたねっ」

「は、はい」

彼女はぶりぶりとタイトスカートのお尻《しり》を振り、すれ違うお客様たちに会釈をしながら去っていった。

「ふう」

エリコは急に寂しくなった。

(いくらここで素敵な人に出会ったからっていっても、きっとこのまま何でもなく終わっちゃうんだわ。彼女がいるかもしれないし、結婚してるかもしれないもん)

エリコは彼の左手の薬指に指輪がはめてあったかどうか、確かめなかったことを後悔しながら、仕事、仕事と自分にいい聞かせた。

二時間後、別のフロアに移るようにと、赤メッシュに指示された。式場内をくまなく知っていないといけないので、案内係を命じられると、時間によって場所を交替させられるのである。緊張しつつ不慣れな案内係として立っていると、引き出物が入った袋を手に、さっきの彼がやってきた。そしてエリコ好みの黒い顔に白い歯で、

「同じ所にいなかったから、探しちゃった」

と笑った。

「あ、あの、先ほどこちらに移ってきたものですから」

エリコは自分の顔に血がのぼってくるのがわかった。

(ああ、きっと真っ赤な顔してる。絶対に真っ赤な顔をしてるに決まってる)

焦《あせ》りまくっていると、彼は、

「仕事は何時に終わるの。もしよかったら、デートしてくれないかな」

と直球を投げてきた。

「えっ、ええっ？」

うれしいというよりも、びっくりするほうが先で、彼女はしどろもどろになった。

「だめかな」

彼は心から悲しそうな表情になった。それもまた素敵と心の中でうっとりしながら、
エリコは、

「七時には終わると思いますけど」

と小声で答えた。

「会ってくれる？」

エリコが黙ってうなずくと、彼はポケットから一枚の紙を取り出して、何かを素早く書いて、渡してくれた。

「ここで待ってるから」

手を振って姿を消した彼の後ろ姿を、エリコはぼーっとして見送った。

「アシダさんっ」

背後で胴間声がした。

「ひえっ」

振り返ると赤メッシュが立っていた。本当に神出鬼没である。

「何してたんです」

「いえ、あの、お客様からバス路線について聞かれてたものですから」

とっさのことながら、我ながらいい嘘《うそ》をついたと、ほっとした。

「バスねえ。今日は休日だから、本数が少ないことをお伝えした？」

「はい」

「で、あなた、何かもらってなかった？」

（げっ）

どうしてそんな些細《ささい》なところまで見ているのかと、エリコは驚愕《きょうがく》した。

「ゴミです。捨てるように頼まれまして」

「そう。あと少しで休憩だから、がんばってちょうだい」

彼女がいなくなってから、エリコはぼんやりした。こんな小説やマンガみたいなことがあっていいのかしら。夢じゃないのかしらと、さっきの出来事を何度も頭のなかで確認した。彼が急いで書いてくれたメモには、カワムラケンジという名前と、店名と電話番号が書いてあって、エリコはそれを休憩中も何度も取り出して眺めていた。

その夜、エリコは家に少し遅くなると電話をいれて、ケンジが待っているはずの店に行った。すぐわかる場所に彼は座っていて、彼女の姿を見ると、満面に笑みを浮かべた。

「ああ、あの白い歯だ」

エリコは彼に名刺を渡した。二人ははじめて会ったのに、話は尽きなかった。彼が大工の見習いであること、母親はすでに亡《な》くなり、郷里に父親が一人暮らしをしていること、趣味のことなどを話してくれた。少しでも自分のことを理解して欲しいのだろうと、同じひとり親家庭のエリコは好ましくうなずきながら聞いていた。その日は彼が自宅の近くまで送ってくれた。

それからほぼ毎日のように、二人は会った。そして出会ってから四か月後にエリコの妊娠がわかった。ケンジは一も二もなく、結婚しようといってくれ、すぐに二人で住むためのマンションを探してきた。若い自分たちには少し贅沢《ぜいたく》なのではとエリコが躊躇《ちゅうちょ》すると、

「おれががんばるから心配するな」

とケンジは胸を張った。楽天的な性格のエリコの母や祖母は、

「あーら、ものすごいスピード」

と驚きながらも、ケンジの人柄に惚《ほ》れ込んで、結婚を承諾してくれた。せっかく就

職したばかりなのに、こんなことになってしまい、上司の男性におそるおそる報告すると、

「結婚式場に勤めてすぐに結婚して、おまけに赤ちゃんができたなんて、とてもめでたいではないか」

と快く出産休暇を認めてくれた。しかし赤メッシュ課長と内巻き係長の、エリコを見る目はちょっと冷たかった。大きなお腹《なか》で仕事をしていると、新婦からはあやかりたいと、お腹を触られたり、ケンジもエリコの体を労《いたわ》って、食事も作ってくれたりして、

「こんなに幸せでいいのかしらん」

とエリコは毎日が楽しくて仕方がなかった。

無事、女の子を出産し、ケンジがチカと命名した。病院に見舞いに来るたびに彼は、

「かわいいなあ」

と喜んでいた。ところがチカと一緒に家に戻ると、うれしそうに赤ん坊をあやしていたケンジの様子が変わってきた。理由は夜泣きである。少し贅沢なマンションに住むために、彼は会社に頼んで仕事の量を増やしてもらっていた。疲れて家に帰っても夜泣きのせいで熟睡できない。最初は、

「泣かない赤ん坊っていないのか」

などといっていたが、ひと月、ふた月経《た》つと、夜中にチカを抱いてあやしているエリコの背中に向かって、

「うるせえなあ。外に出ろよ、外に」

と怒鳴ったりした。女の子なのにチカの泣き声はぎゃあぎゃあと迫力があり、マンションの他の住人にも申し訳なかった。エリコはチカを抱いて近所の公園まで歩いた。公園の電灯に照らされて、ベンチがスポットライトを浴びている。腰をおろすと今まで泣きわめいていたチカの声が小さくなった。

「どうしたの、ずいぶん泣いたねえ。何が気に入らないのかなあ」

抱っこして声をかけているうちに、泣きたくなってきた。チカはくすんくすんいっている。ケンジが疲れて帰ってきて、夜、寝られないのは大変だとは思うが、自分の子供なんだし、もうちょっと協力してくれてもいいんじゃないかと、エリコは涙が出そうになった。これでは自分一人に責任があるみたいではないか。

「困ったねえ。おうちに帰っても、おとなしく寝てちょうだいね」

小一時間公園で過ごし、無邪気な顔で寝ついたチカと部屋に戻った。ケンジも眠っている。ああこれで自分も寝られると、ほっとしてチカを布団《ふとん》に横たえたとたん、

「ぎゃー」

と再びチカが大声で泣きはじめた。授乳をし、しばらく抱いているとやっと寝てくれた。

「はあ〜」

エリコは泥の固まりのようになって、布団に倒れ伏した。睡眠不足で日中も、起きているんだか寝ているんだか、自分でもよくわからなくなっていた。

ケンジも寝るときは高性能の耳栓を装着するようになり、エリコもチカをあやすコツをのみこんで、やっと夜泣き期間を克服した。よちよち歩き、たどたどしく喋《しゃべ》りはじめると、ケンジもチカをかわいがるようになったが、積極的に育児に協力はせず、すべてエリコにおまかせだった。チカが喜びそうな場所を選んで、週末は家族三人で遊びに出かけた。ケンジの仕事も順調で、二十代前半にしてはよい給料をもらっていたし、誕生日には、

「今まで大変だったな」

と労《ねぎら》いの言葉と、欲しかったバッグをプレゼントしてくれた。それまでの辛《つら》いことがすべて吹き飛んだような気がした。

エリコの父親は、彼女が五歳のときに交通事故で亡《な》くなった。また、母親のショウコは、幼いころに父親を戦争で亡くしているので、顔は写真で見ただけだ。エリコは父親の一周忌の席で、母親が横に座っていた親戚《しんせき》に、

「うちの家系はどうも男運が悪いみたい。どうしてみんな若くして亡くなっちゃうのかしら」

と嘆いたのを耳にした。「おとこうん」が悪いって、どういう意味と聞こうとしたら、祖母のミエコが、

「たしかに二代続けてこんなことになっちゃったけど、男運だって運のうちなんだから、そんなことをいわないでちょうだい。うちにはまだ小さいエリコがいるんだよ」

と口を挟んできた。母親がふっと口をつぐんだのを見て、エリコは、

(聞いちゃいけないんだな)

と察知して、それから「おとこうん」については何も聞かなかったが、当然、成長するにつれてそれを知るようになって、

「たしかにおばあちゃんとお母さんは、不運だったかも」

と納得した。

祖母は戦中戦後と、洋裁の腕一本でショウコを育ててきた。戦況が厳しくなってくると、

「敵国の服を作るとは何事か」

と近所の人に文句をいわれたりしたが、戦後は注文が殺到して、一軒の店を構えるまでになった。祖母がいつも年齢よりも派手めな服を着ているのは、自分でデザインして自分で縫っているからで、エリコが十代のころはそれがちょっと恥ずかしく思えることもあったが、今はそのほうが華やかでいいような気がしている。

母親は祖母の影響もあったのか、洋裁の専門学校に行き、洋服の型紙を作るパタンナーとして会社に就職した。フルタイムの仕事なので、エリコは学校から帰ると、祖母の洋裁店で過ごすことが多かった。お手伝いの縫子のお姉さんも二人いて、三台のミシンがそれぞれに音をたてて、いろいろな形に切られた平たい布地が、パズルのように素敵なワンピースやスカートになるのを、まるで手品のように眺めていた。お洒落《しゃれ》な服がたくさん載っている雑誌を見るのも楽しかった。

「ほら、リカちゃんの服。縫っておいたよ」

忙しいなかで、祖母はかわいいプリントの布地で、着せ替え人形用の服を縫ってくれて、クリスマスには、決まってエリコとリカちゃんとお揃《そろ》いの、よそ行きのワンピースがプレゼントされた。同級生の女の子たちは、リカちゃんのかわいい服をたくさん持っているエリコをうらやましがっていて、その話をすると祖母は、

「おや、そうかい」

と、みんなにもリカちゃんのスカートをささっと縫ってあげていた。

「次はこういうドレスがいいな」

仕事をしている祖母に、マンガ雑誌に載っている絵を見せると、ちらりと見て、

「わかった、わかった。このお仕事が終わったらね」

とすぐに、ミシンに目を向けた。

「ど〜お〜ぞ〜、か〜な〜え〜て、くだ〜さんせ。みょうけん〜さんへ、がんかけて……」

祖母が歌を歌い始めると、縫子さんたちはくすっと笑い、

「先生のその歌が出ると、調子がいい証拠なんですよね」

と声をかけた。

「そうなの。このごろまた腕が上がっちゃったんじゃないかっていう気がするのよ」

そういいながら祖母はいつも笑っていた。エリコは働く祖母と母親に育てられたのである。

チカが一歳になる前、エリコは職場に復帰しようと考えた。入社してすぐに産休をとって、後ろめたいところもあったので、なるべく早く戻りたかったのだ。どうしたらいいかしらと二人に話すと、六十八歳の祖母が、

「あたしが面倒を見てあげる」

と手を挙げた。彼女に頼むことなど全く考えていなかったエリコは、内心、びっくりした。

「お店はどうするの」

「世の中の事情を見たらわかるでしょ。既製服の時代になってるんだから、うちの洋裁店だって開店休業よ。注文はリフォームくらいのものだから、シゲちゃんにまかせたって十分やっていけるし」

シゲちゃんというのは、縫子さんのうちの一人で、結婚してもパートでずっと通ってくれている人である。

「そうなったらとても安心だけど。でもおばあちゃんは、これまで仕事ばかりしてき

たんだから、少しは自分のために遊んでもいいんじゃないの」

「遊ぶったって、何をしていいかわからないし。だって十年も二十年も面倒を見るわけじゃないんでしょ。ほんの二、三年のことなんだから平気よ。七十代半ばだったらちょっときついかもしれないけど、今だったら大丈夫。赤ん坊って本当にかわいいのよね。何度でもチュッチュしたくなっちゃうわ」

祖母はやる気になっていた。

「となると、私がエリコのところに行くか、チカちゃんをこっちに連れてきてもらうか決めなくちゃ。でもうちには針や鋏《はさみ》が置いてあるから、私が出かけていったほうが安心だわね。ま、その件についてはケンジさんと相談してちょうだい」

エリコは祖母に気圧《けお》され、ケンジとチカが待っている家に戻った。

彼はその話を聞いて、腕を組んで黙っていたが、そういってくれるんだったら、一、二年、面倒を見てもらえるとありがたいけど、本当にいいのだろうかとしきりに恐縮していた。

「こういうとき、本当にじいさんっていうのは役に立たねえんだなあ」

「そんなことないわよ。また休みが取れたら、お義父《とう》さんにもチカと会ってもらいたいわ」

チカは何事かぶちぶちといいながら、エリコに抱かれて上機嫌だった。

こうして、祖母はエリコの家に通ってくれることになった。

「ミエコちゃんよ。こんにちは。これからよろしくね」

初日、大好きなひいおばあちゃんの顔を見たチカは、にこっと笑って両手を伸ばして抱っこをせがんだ。

「まー、いい子だねえ。かわいいこと」

祖母はワイン色のバラのプリントのブラウスにチカを抱っこして、何度もほおずりをしている。

「ミエコちゃんって呼ばせるわけ」

エリコは笑いをこらえながら聞いてみた。

「ふつうは、ひいおばあちゃんとか、大きなおばあちゃんとかっていうんじゃないの」

「やだよ、ひいおばあちゃんなんて。私はミエコだから、ミエコちゃんって呼んでもらいますっ」

きっぱりといい切るので、エリコは小声で、

「ああ、そうなの」

というしかない。

「ショウコがチカよりも、もうちょっと大きいときに、お父さんが戦死したんだものねえ。本当に途方にくれたよ」

「食べる物もなかったんでしょう」

「東京大空襲の後にもひどい空襲がいくつもあってね。赤ん坊を抱いて逃げるだけで精一杯。あたしだけじゃなくて、みんな大変だったんだよ。でも赤ん坊を抱えている人は、生きるために前に進まなくちゃいけなかったし、あれがなくなった、これがなくなったっていったって、それが物だったらあきらめもつくでしょ。後ろを見たって、戻ってくるわけじゃないんだから」

それはそうだろうと、エリコは納得した。この日は途中から母親も加わり、自分がチカの子守に加われないのは残念だが、時間があったら面倒を見に来るからと、祖母の胸で寝てしまったチカを横目で見ながら、ちょっと悔しそうにしていた。

安心してチカを祖母にまかせ、エリコは晴れ晴れとした気分で通勤していた。それまでは汚れてもいいような、ぞろりとした格好ばかりだったのが、久しぶりにきちんと身支度をして、化粧もして外に出る緊張感がうれしく、仕事に没頭した。多少の残業もいとわずに、都合の悪くなった同僚のために、平日の休みを返上して仕事を代わることもあった。

上司の赤メッシュは、ますます気合が入ったのか、金メッシュになっていた。

「しっかりと働いてもらいますよっ」

顔を合わせるたびに活を入れられる。

「あなたの場合、社員としての下地ができる前に産休をとったでしょ。だから他の人より出遅れたのがわかる？　それをしっかり仕事でカバーしないとねっ」

などともいわれた。残業も引き受け、同僚に迷惑をかけた分、頑張っているのにと、肩身の狭い思いをしているエリコががっかりしていると、

「気にすることないわよ。仲間を踏んづけてでも、自分が先に出世しようっていう人だから、そんなふうにいうのよ」

と同僚が慰めてくれた。ケンジの仕事も順調で、収入も増えているらしい。給料日には、

「ほら、前に比べてこんなに増えたぞ」

と給与明細書を見せて、うれしそうに自慢したりした。

夜、仕事を終えてエリコが家に帰っても、忙しいケンジがいないのは当たり前だと気にもとめず、意外にも子守上手な祖母と、どちらかというと甘やかし気味の母に世

話をしてもらったチカは、いつも機嫌がよく、元気に成長していた。エリコが仕事上、週末や休日に休みがとりにくくなったので、彼女の休みに合わせてケンジも休みをとってくれるようになり、親子三人、あるときは母と祖母も一緒に、遊びに出かけるようにもなった。ケンジは母親や祖母にさりげなく気遣いをしてくれて、チカもかわいがった。

(こんな生活で、男運が悪いなんていったら、罰があたるわ)

エリコはチカを抱っこしているケンジの後ろ姿を見ながら、いつもそう思っていた。祖母に子守を頼むのは、一、二年が限度と考えていたので、そろそろチカの保育園について考えなければならなくなった頃、仕事から帰ったエリコがチカを抱き上げると、祖母が背後から、

「あのねえ」

と声をかけて口ごもった。いつもは、

「今日もちゃんと、『ミエコちゃん』っていったわよ」

と明るく報告するのに、様子が違う。チカは大喜びでエリコの顔を両手で挟んでいる。

「あのう、ケンジさん、このごろ、一度、家に戻ってきて、また出かけることが多い

んだけど……。どうしてかねえ」

「あら、そう」

「仕事だって、いってるんだけど」

「そういっているんだったら、そうなんじゃないの」

「『チカの面倒を見てくれてるのが申し訳なくて、途中で様子を見に帰って来るんだ』って、気を遣ってお鮨《すし》やケーキを買ってきてくれるんだけどねえ」

さすが男気があると、エリコは頼もしく聞いていたが、祖母の顔を見ると表情が暗い。

「なにか変？」

「それがね、着替えるんだよね。ちょっといい服に」

「着替える？」

「そう。お洒落して出ていくんだよ。ケンジさん、結構、いいもの着てるね」

チカを抱っこしたままケンジが使っている洋服ダンスを開けてみると、見覚えのないスーツが何着か並んでいた。派手目のデザインのネクタイも何本かある。そこに置いてあった靴箱のひとつを開けると、洒落た真新しい靴が入っていた。どれも若い人に人気のあるブランドのものばかりだった。

「知らなかったわ。いつの間にこんなことになってたのかしら」

「ねっ。私たちと出かけるときは、まあ、ラフなあんな格好でしょ。でもこういうのも持ってたのよね」

「スーツで行かなきゃならないところもあるんじゃないの。仕事も順調にいってるっていってたから、取引先の人と会うことも多くなってるだろうし」

「うーん、そうだとしても、どれもちょっと派手よ」

確かにそうだった。それ以上、祖母は何もいわなかったが、エリコは、ケンジもまだ若いし、収入も増えてファッションに目覚めたのだろうと考えていた。あの顔にこういう服を着たら、さぞかし似合うだろうと、妻としてお洒落な夫になってくれるのは、うれしくもあった。

ある日、同僚、先輩たちとトラブルの残務整理をしていて遅くなった。エリコが急いで帰ろうとすると、戸締まりのために警備員から部屋の鍵《かぎ》を借りてきた先輩の女性社員が、事故があって電車が止まっているようだと教えてくれた。どうしようかと相談していると、車で通勤している先輩の男性社員が、二人の女性社員と共に、家まで送るといってくれた。恐縮して車に乗せてもらい、トラブルの反省点や、連絡を密にする方法など会社の話をみんなで続けた。彼女たちは先に降り、車内に二人だけになった。

黄色が点灯している交差点に近付いて減速した車の窓から、エリコが何気なく外を見ていたら、例のお洒落なスーツ姿のケンジがレストランの駐車場でタバコを吸っていた。

(あら?)

そこは家から車で十分ほどの場所だった。どうしてこんな所にと思いつつ、手を振ろうとすると、レストランから、太腿《ふともも》もあらわな、体にぴったりしたワンピース姿の若い女性が出てきて、ケンジにとびついた。まとわりつくように腕をからめている。

信号が赤になって車が止まった。

(あの女の子、誰?)

じっと見つめていると、エリコの念波が届いたのか、女性と腕を組んでいたケンジが、車のほうを見た。車の窓にはりつくようにしているエリコを見て、ぎょっとした顔をし、一歩踏み込んでもう一度確認した後、あわてて後ろ向きになった。女性はきょとんとして、ケンジの顔をのぞき込んだり、こちらを見たりしている。

「どうかしたの?」

運転席の先輩にたずねられたエリコは、

「いえ、ちょっと知り合いに似てたので」

　といい、平静を装《よそお》っていた。

（あの子、大学生じゃないのかしら。十一時になるっていうのに、何をしてるの）

先輩は、今後のルーティンワークの徹底について、あれこれ意見を述べていたが、
エリコは相槌《あいづち》を打ちながら、目撃した光景を何度も頭の中で再生していた。

（腕を組んだりして、ずいぶん親しそうだったわね。私の知らないところで、あんなことをしてるなんて）

　いいにくそうにしていた祖母の言葉も思い出された。

（着替えて出かけるって、あの子と会うためだったの？　なぜ？）

映像と自問自答がぐるぐると頭の中で渦巻いているさなか、

「どの辺りを曲がればいいのかな」

　と隣から声がした。

「二つめの角を左にお願いします」

エリコは肩をすぼめてぺこりとお辞儀をした。

「いい所に住んでるねえ」

そういい残して、先輩は帰っていった。暗い気分で鍵を開けると、祖母とチカが床

に敷いた布団《ふとん》の中で抱き合って寝ていた。そーっと顔をのぞき込むと、二人とも同じように幸せそうな顔をしている。口の開け方も全く同じだ。ケンジのベッドは空。

(今頃、何をやってるの。あれからどこに行くつもり)

エリコはそそくさと化粧を落とし、ベッドにもぐりこんだ。

朝、体の上のチカの重さで目を覚ますと、祖母が朝ご飯を作ってくれていた。

「昨日、遅かったんだね」

「ちょっと問題が起きちゃって。時間がかかっちゃった」

「そうなの。あたしもついそのまま寝ちゃったよ」

「ごめんね。もっと早く帰れればよかったんだけど」

「いいよ、仕事は大事だから」

「ケンジさん、何時頃、帰ってきたの」

「さあねえ。朝、起きたら寝ていたけど」

祖母はさらりといったが、きっと腹の中に呑《の》み込んでいる言葉がたくさんあるのではと、エリコは感じた。

毎朝、家を出るとき、チカは少しだけぐずるけれど、ひいおばあちゃんに抱っこされて、おもちゃを手渡されると、すぐに泣きやむ。バイバイと手を振っても、泣きもせずに手を振って返してくれるのがありがたい。家を出てから、エリコは数え切れないくらいため息をついた。

「だめだわ。ちゃんと決着をつけなきゃ」

昼休み、ケンジの職場に、今日の夜、会えないかと連絡をすると、彼は待ち合わせ時間と場所を短く告げただけで電話を切った。職場だからというのもわかるけれど、あまりのそっけなさにエリコはまたため息が出てきた。

午後八時、指定されたとおり家の最寄り駅のロータリーで待っていると、タバコを吸いながら、不機嫌そうにケンジがやってきた。黙ってエリコの前を通り過ぎるので、あわてて後を追うと、二人でよく行った居酒屋に入っていく。店内に入っても、壁のお品書きを見ながら勝手に注文し、エリコに話す隙《すき》を与えないような態度がみえみえだった。店員の愛想のよさが、今の自分たちにはとても不釣り合いのような気がした。

エリコは周囲の客に聞こえないように、昨夜、目撃した件を小声で問いつめた。

彼はタバコに火をつけて吸いはじめた。

「あの人、誰？」

「お前には関係ねえじゃん」

「関係あるわよ。あなたの妻だもの」

「だからってさ、いちいち友だちが誰かって、いわなきゃいけないわけ」

彼はふーっと大きく煙を吐き、心から嫌そうに顔をしかめた。

「相手が女の子だもの。誰か知りたいわよ」

「じゃあ、一緒に車に乗っていた男は誰だ」

エリコは事情を説明した。

「でも助手席に座るっておかしくないか？」

「乗せてもらったなかで、私がいちばん下《した》っ端《ぱ》なんだから、助手席に座るのが当たり前なのよ」

「へえ、そんなもんですか」

急にケンジは背筋を伸ばして体を反らした。

「あのね、おれは女の子三人といたの。あとの二人はトイレにいっててさ。あとから来たんだよ。お前が見たのはそのうちの一人。女の子三人といて、悪さができるわけねえだろう。下らねえことをいうな」

一方的に怒られた。

「そんな……、そんなことといったって……」

エリコの声はだんだん小さくなった。

夫の浮気疑惑ときちんと向き合えないまま、月日は経《た》ち、チカは保育園に入り、小学校に入学した。相変わらずケンジはチカとよく遊んでくれ、祖母や母への気遣いも以前と変わらず、小学校の参観日も欠かさず出てくれた。チカの同級生やそのお母さんたちにはケンジのファンも多く、運動会では花形だった。傍からみたら若くてお洒落《しゃれ》で格好よくて足が速くて明るくて、非の打ち所のないお父さんなのだ。素敵と褒められるたびに、エリコはうれしいような困ったような複雑な気持ちになった。

チカが成長すれば収まるかと思った夜中の空のベッドの状態も以前と同じ。ところが休みの日に親子三人で遊びに出かけた帰り、ケンジは携帯ショップに入って、自分だけではなくエリコにも携帯電話を買ってくれた。

「私もいいの?」

「当たり前だろ。夫婦で片方しか持ってないのは変だろうが」

忘れられていなかったんだと、エリコはうれしくなり、あれこれ疑った自分を後悔した。家に戻るとケンジは早速、携帯を手にしたまま離さない。機械が苦手なエリコ

が、使い方を教えてもらおうと、ちょっと甘えてすり寄り、手元をのぞき込むと、

「だめ、だめ」

と隠してしまった。

「教えてくれたっていいじゃない」

「おれだって今やっている最中なんだから、わかったら教えてやるよ」

ところがいつまでたっても教えてもらえず、仕方なくエリコは会社の同僚に使い方を聞いた。うれしかったのも束《つか》の間《ま》、これからケンジの秘密が、ますます増えていくような気がした。チカの下校時間に合わせて来てくれる祖母も、もうケンジの行動について何もいわなくなった。どの程度までチカがわかっているのか疑問だが、パパはふだんはお仕事がとても忙しいけど、休みのときはずっと一緒にいてくれると喜んでいるのを見ると、このままにしておいたほうがいいのかもしれないと、エリコは考えるようになっていた。

エリコの会社は、結婚式が年々地味になり、式をしないカップルも増えてきた世相を反映して、業績不振になっていった。エリコも残業する必要がなくなり、夜七時には家に帰れるようになって、チカにとっても、七十代半ばになったのに負担をかけている祖母にとっても、そのほうがいいのだが、妻としては、夫の不在を改めて感じる

時間が長くなった。女ばかりで食事を済ませると、祖母が台所で洗い物をしながら、

「ど〜お〜〜ぞ〜、か〜な〜え〜て、くだ〜さんせ」

と口ずさんでいる。

「あ、その唄《うた》、覚えてる。おばあちゃん、ミシンを踏みながらよく唄ってたよね」

「ああ、そうだったかね。この唄を唄うとどういうわけか仕事がはかどるんだよね」

「歌謡曲？」

「ううん、小唄だよ。店の裏にこぢんまりした家があったのを覚えてるかい。あそこが小唄のお師匠さんの家で、シノさんっていう人だったけど、お稽古《けいこ》してるのがよく聞こえてきたんだよ。あっちは粋《いき》な三味線だけど、うちは無粋なミシンの音でしょ。邪魔になってるんじゃないかって挨拶《あいさつ》にいったら、『女が仕事をするのは大変なんだから、お互い様よ』っていってくれてね。いい人だったよ」

祖母の洋裁店の裏手に、ひっそりと小綺麗《こぎれい》な家が建っていたのをエリコは覚えている。その小唄のお師匠さんの姿を見た記憶はないが、祖母の話によると、彼女は芸者さんをやっていて、小間物問屋の二号さんになって家を買ってもらい、晩年はお稽古をして生計を立てていたという。

「たくさん小唄を聞いてたはずなんだけど、どういうわけかこの唄を覚えちゃったん

だねえ。何かこう調子がいいでしょ。しんみりしたのはどうも性に合わなくてね」

祖母は皿や茶碗《ちゃわん》をすすぎながら、

「シノさんがいってたけど、女のなかでいちばん強いのは奥さんなんだって。いくら芸者がきれいに着飾って、旦那衆《だんなしゅう》にちやほやされても、最終的には一番は奥さん。二号さんってよくいったものだわねえなんて、ため息をついたりしてたわよ。今は二号さんなんていい方はしないけど」

と手元に目を落としたまま話してくれた。

「ふーん。そうなの」

エリコがチカの様子をうかがうと、テレビに出ている、まだエリコが名前を覚えていないジャニーズ系のグループに目が釘付《くぎづ》けになっている。祖母とエリコはそれから無口になり、会話もあまりないまま、黙々と後片づけを続けた。

小学校の五、六年生にもなると、チカは、

「ミエコちゃんに面倒を見てもらわなくても、自分でやる」

といい出した。エリコは祖母の負担も考えて、

「これからは気軽に遊びに来てね」

といって、お世話係から解放した。同じようにチカは、休日にケンジがいても喜ば

なくなった。お小遣いを持って友だちと買い物に行くほうが楽しい年齢になったのだ。

ケンジは、

「あんなにまとわりついてきたのに」

とショックを受けていたが、娘に相手にされなくなったせいか、休日にも外出するようになっていった。午前中からチカは友だちと出かけ、ケンジも昼前には出て行く。どうしてそんなに家にいないのかと着替えを済ませたケンジを問いただした。

「家にいてもしょうがないだろう。前はチカと遊んでやらなくちゃならなかったけど、もう用済みみたいだし」

「平日だってちゃんとした時間に、帰ってきたことなんかないじゃない。そのうえ休みの日まで出かけるなんて、おかしいわ」

「別におかしくなんかねえだろ。おれにはおれの都合があるんだ」

「都合ってなに」

「おれがお前に迷惑をかけたか？　ちゃんと飯を食わせて欲しいものだって買えてるんだろ。何の不満があるんだ」

「夫婦の会話なんて、全然、ないじゃない」

エリコはケンジににじり寄った。

「いまさら何を話すんだよ」

「いろいろあるわよ。これからのこととか」

「お前の好きにすればいいじゃないか」

「そんなわけにはいかないわよ。あなた、チカの父親なのよ」

「わかってるよ、そんなこと。うるせえな」

ケンジはエリコを押しのけて出て行こうとする。腕をつかまえようとしたら、ものすごい勢いで払いのけられ、彼は足早に出ていった。

（あんな態度をとってまで、行きたいところってどこなのよ）

エリコは悔しさと情けなさで、居間にへたりこみ、しばらくの間、立ち上がれなかった。

チカはケンジのことが大好きだし、夫婦の揉《も》め事《ごと》で子供に不愉快な思いをさせてはいけないと、夕方になって娘が帰ってきたときには、何事もなかったかのように出迎えた。

「あーあ、お小遣いがたくさんあったら、欲しいものがいっぱい買えるのになあ」

こまごました買い物をたくさん目の前に広げているのに、まだ欲しいものがあるらしい。約束している小遣い帳は、ちゃんとつけ続けているのかと念を押したら、口ごもってごまかそうとする。夫からも娘からも逆らわれて、悲しい立場だわと心の中で嘆きながら、夕食の準備をしていると、ケンジが帰ってきた。

「何だ、その顔」

びっくりしたエリコに顔を近づけて、彼はささやいた。

「チカ、ケーキを買ってきたぞ」

「わあ、ありがとう」

居間では父と娘のほのぼのとした光景が繰り広げられている。出がけにああいうことをいったから、少しは気にしてくれたのかもしれない。三人で食事をしながらも、父と娘の会話は弾んでいる。

「チカは将来、何になりたいんだ?」

「えーとね、アイドル」

「アイドル? そりゃ大変だ」

無邪気な会話は延々と続いた。こういうときにケンジはよく相手をしているなとエリコは感心する。チカとケンジ、チカとエリコの会話はあるが、ケンジとエリコの会話は全くなく、いつものように寝るはめになった。

仕事に張りがあれば、プライベートな嫌なことは忘れられるが、会社に行ってもどこか暗い雰囲気が漂っていて、気分が晴れるきっかけがない。ケンジが会っている相手は誰なのか。浮気ではないなら教えてくれたっていいのに。やっぱりいわないってことはクロなのかと、仕事中も考えてしまう。するとまた、ぼんやりしているところを運悪く金メッシュに見つかって叱《しか》られ、ますます意気消沈する。ついケンジの携帯に電話して、何か用かといわれて、別に用事はないんだけどといったら、

「ばかか、お前は」

と切られた。結婚したときに祖母と母からは、

「私たちは夫婦らしい生活なんて、ほとんど経験していないから、いい見本がなくて」

と申し訳なさそうにいわれたので、二人には余計な心配をかけたくない。

「何も悪いことをしてないのに、どうしてこんなに悩まなくちゃいけないのーっ」

式場の広い敷地内に設置してある、記念写真ポイントの太鼓橋の上から、大声で叫びたくなった。

ある日、ケンジが右手に怪我《けが》をして、三日間、仕事を休むという。エリコは、もう今しかないと決意して、家にいるときも携帯を左手から離さないケンジに聞いた。

「あなた浮気してる？」

ケンジはゆっくりとエリコのほうに顔を向け、にやっと笑った。

「してたらどうする」

しばらく彼は黙っていたが、

「おれ、早く結婚しすぎちゃったなあ」

と首をぐるぐる回した。同年輩の友だちは独身で楽しく遊んでいるから、誘われたら断れないし、断りたくもないんだといいはじめる。

「正直いうと、結婚してると面倒なこともあるわけさ」

「このままじゃ、ただの同居人だわ」

「いいんじゃないの、それでも。お前も好きなようにすれば」

そういい放ってまた携帯をいじる。勝手なことばかりいってと、エリコは腹が立ってきた。腹は立ってきたものの、言葉がお腹《なか》の中に溜《た》まりすぎて、口から流暢《りゅうちょう》に出てこないのがもどかしい。

「あ、そうだ。おれ、今の会社やめるから。新しい上の奴《やつ》がさ、本当に頭にくるんだよ」

その現場の男性と気が合わず、いらついて集中力がなくなったから、手に怪我もした。すでに社長には月末でやめると退職願も出したというではないか。

「私に相談もなく。どうして勝手に決めるの。チカだってこれから学費がかかるのよ。次の会社は？」

「お前には関係ないだろ」

相談してもしなくても気持ちは決まっているんだし、金のことは心配するなといわれても、生活を共にしている妻として、蔑《ないがし》ろにされているのは間違いなかった。

「それじゃ、私なんか、いたっていなくたって同じだわ」

思わず涙声になると、ケンジははあーっとため息をつき、そのあげく、

「そういうところが、鬱陶《うっとう》しいんだよっ」

と吐きすてるようにいい残して、足音も荒く家を出ていった。

「自分のことは何もいわないで、私のことばかり非難して」

閉まったドアに向かって文句をいっても、どうにもならない。エリコはテーブルの上に両肘《ひじ》をついて頭を抱えた。

ケンジは会社をやめ、長距離トラックの運転手になった。そして全く家に戻って来なくなった。勤務先の住所は聞いているけれど、トラックを運転して日本中を走り回っているので、ケンジから連絡がないと、どこにいるのかもわからない。夜間勤務が多いのは承知しているが、それなら日中はどこで寝ているのか、それもわからない。彼のほうから連絡があったのは、チカの小学校の卒業式と、中学校の入学式の日にちを聞いてきたときくらいだ。

「来てくれるの」

「ああ、大丈夫だと思う」

「今どこにいるの」

「えーと、大阪。これから山口までいって、東京に帰る」

「いつ？」

「それはわかんないなあ」

「わからないわけないでしょう。納品する荷物と一緒なんだから」

「うるせえなあ、いちいち。おれが戻ったときが戻ったときなの」

わけのわからない理屈で丸め込まれ、一方的に電話を切られた。

「どうして私が何かいうと、いつも『うるせえ』なのよ。付き合っているときにそんないい方なんか、一度もしなかったのに」

また過去をひとつ引っ張り出してしまった。前向きに、前向きにと思ってはみても、そう簡単にはいかない。

「お父さんは仕事が変わって、ほとんど家にいられないけど、やっぱり寂しい？」

チカにたずねると、彼女は机の上に置いた鏡をのぞきこんだまま、

「別に」

とそっけなく返事をする。この頃、反抗期なのかどうも態度がよろしくない。チカにケンジと似ているところを見て、エリコは穏やかな気持ちではいられない。

「でも卒業式と入学式には来てくれるって」

チカは無言だ。

「ちょっと、返事くらいしたら」

「……」

「親が話しかけているのに、無視するってどういうこと？」

声を荒らげると、チカは露骨に顔をしかめて、

「うるさいなあ。わかってるよ。卒業式と入学式に来るってんだろ」

といい放った。

「何なのそのいい方は！」

「お父さんにいつも、『うるせえなあ』っていわれてるじゃない。ほんと、『うるせえ』んだよ」

あまりのいい草に二の句が継げないでいると、

「ほんと、しつこいよ。すぐにどうして、どうしてって……。ほっといてよ」

とチカはたたみかけてきた。

「あなたはまだ子供なのよ。親があれこれいうのは当たり前でしょう。そういう態度もケンジそっくりだ。十分たっても二十分たっても出てこない。

(父子揃《そろ》って、いい加減にしてよ)

エリコは泣きたくなった。

小学校の卒業式当日の早朝、ケンジは帰ってきた。

「服、どこにある？」

エリコがいわれたのはそれだけだ。前に比べて父と娘の会話も少ない。ぬいぐるみのおみやげを買ってきても、

「ありがと」

と小声でいうだけで、態度がよそよそしく、話が続かない。チカのそんな様子にケンジは少し動揺しているようだった。

(ほらごらんなさい。罰があたったのよ。いつまでも娘は優しくしてくれるわけじゃないのよ)

エリコは二人のやりとりを横目で見ていた。

式が終わるとすぐにケンジは家を出ていき、再び入学式の前日に戻ってきて、いつも家にいる優しい父親といったふうな態度で出席していた。父親が出席しない家族もあるのに、傍から見たら、さぞかしカワムラ家は幸せな家庭として映っているだろう。エリコは体裁を取り繕っているとしか思えないケンジの態度が許せなかった。

入学式の夜、家族三人に祖母と母親を交えて、中華料理店で食事をした。二人ともケンジに対しては何もいわず、以前と変わらない態度で三人は会話をしたり、笑ったりしていた。チカはおばあちゃんたちから、お祝いのお小遣いをもらって機嫌がよくなり、家にいるときのふくれっ面《つら》とは大違いだ。会計はケンジが済ませ、祖母と母親

を家に送るためにタクシーを拾い、一万円札を手に握らせた。

「いつも気を遣ってもらって、ありがとう」

二人は何度も頭を下げて帰っていった。

エリコは、ケンジに対して礼をいおうと思っても、どうしても口から出てこなかった。

家に戻るとチカは、風呂《ふろ》に入れというエリコの言葉を無視して、ケンジが買ってきたテレビゲームに熱中し、ケンジは携帯を手に、楽しそうにずーっと誰かと喋《しゃべ》り続けている。

「……サービスエリアごとに、女がいるっていうのがいいよなあ、あははは」

チカとエリコは同時にケンジの顔を見、チカはすぐテレビ画面に目を戻したが、エリコはじっと彼をにらみ続けた。

三十分後、ただの時間の無駄遣いとしか思えない電話がやっと終わった。

「ちょっと」

エリコはケンジの腕をつかんで、チカに話が聞こえない場所まで連れていった。

「娘がそばにいるのに、サービスエリアごとに、女がいるとか、欲しいとか。みっともないと思わないの？」

チカはゲームの画面を見ながら、

「やったあ」

と声を上げている。

「ほら、気にしてないぜ」

「聞こえたって知らんぷりするしかないでしょ。いい加減にしてよ」

ケンジは露骨に不機嫌な表情になった。

「はいはい、エリコさんはいつも正しくて、オレが全部悪いんだろ。すみませんでした。そう言やあ、いいんだろ」

「そんなことといってるんじゃないのよ」

ケンジはチカの背後に歩み寄り、肩を両手で揉《も》みながら、

「このゲーム、面白いだろう」

と話しかけた。

「お風呂に入りなさいっていったでしょう」

エリコが叱《しか》ると、チカは不満そうな顔でテレビを消して立ち上がり、着替えを持ってバスルームに入っていった。

「外ではもてるのに、うちでは人気がねえなあ」

ケンジはその場に大の字になり、目をつぶった。

エリコはそれから、彼と喧嘩《けんか》をし、罵倒《ばとう》される夢ばかりを見るようになった。当然、寝覚めがさわやかなわけがない。チカは家にいるときはぶすっとしたまま、口から出るのは単語だけで、たまに喋ったと思うと言葉遣いが悪い。この先、どうなるのかと心配でしょうがない。白髪の部分を金にしたため、今では金色の地髪に黒のメッシュが入っているといったほうがよくなった「金メッシュ」には、

「あなたの笑い顔は上っ面なのよねえ。心から笑ってないでしょう。お客様にはそれがわかるのよ。プランナーの仕事もすべてまかせたいけれど、まだ心配ねえ」

といわれ続けている。三十四歳にもなって、まだ上司から心配されている。四十歳のウエディングプランナーの女性のアシスタントの立場だが、彼女を見ていると、さすがだと感心する。ご両親が事故で一度に亡《な》くなった大変なときにも、仕事上ではそんな素振りを全く見せず、いつもと同じ応対に徹していた。まさにプロの仕事ぶりを見せつけられて、エリコは自信を無くしそうになり、彼女にも相談してみた。

「仕事に集中するから、いろいろな問題があっても、そのときだけは忘れてるのよ。いつも辛《つら》い思いばかりを抱えてたら、やる気だってなくなるでしょ。仕事でも趣味で

も、集中できる時間があるのはありがたいわよ。でも自分をごまかしちゃだめよ。怒るときは思いっきり怒って、泣くときには思いっきり泣かなくちゃ。しいていえば、そのTPOをわきまえるっていうことかしらねえ」

エリコは会社にいるときは、ちゃんと大人の態度がとれているつもりだったけれど、上司に「ぼんやりしてる」「笑い顔が上っ面」などと、すぐに見抜かれたのは、そうではない証拠だ。大人になる道も仕事の道も険しいのだった。

エリコはこの住まいにはチカと自分が二人で暮らしているのだと考えるようになった。たまにケンジが帰ってきたら、それは遊びに来たと思えばいい。ケンジのベッドがいつも空でも当たり前。夫が家に帰ってくるのは当然という考えで凝り固まっていたが、いないのが当たり前と思うと、不思議に腹が立たなくなってきた。のらりくらりと逃げている、向こうの罠《わな》にまんまとはまっているような気もするが、腰が落ち着かないのはケンジのほうなのだから、自分はあたふたする必要はないのだと考え直した。

自分の気持ちに、少しだけ明るい隙間《すきま》ができてきたある日、出社するやいなや、携帯電話が鳴った。住んでいるマンションを斡旋《あっせん》してくれた不動産屋だ。残高不足で月末締切の家賃の引き落としができず、先月は敷金を充当したが、すぐに何とかして欲しいという。

「すみません。何も聞いていなかったものですから。すぐに二か月分、振り込みます」

家賃はケンジの口座からの引き落としにしていたので、預金の管理は彼にまかせていた。始業前に銀行のATMまで走って振り込みを済ませ、ケンジの携帯電話に連絡をした。留守番電話センターの、女声の機械的なアナウンスが冷たく耳に響いた。

昼休み、近所のそば屋で食事をしようとしたとたん、ケンジから電話がかかってきた。

「オレだ」

遠方なのか聞き取りにくい。エリコは携帯を耳に当てたまま、同僚二人と目の前のきつねそばをほったらかしにして、あわてて外に出た。

「家賃、どうしたの。引き落としができないって……」

「ああ、あそこには金はない。おれ、ほとんど家にいないしさ、これからお前が家賃を払ってくれよ」

「家賃を払えってどういうこと？　それって、もう私たちとは一緒に暮らしたくないって……」

「まあ、そうともいえますね」

ケンジは敬語になった。エリコは大きく深呼吸をした。

「わかりました。それじゃあ必ず、東京に戻ってきたときに連絡して。必ずよ」

その日のきつねそばは味がないのも同然だったが、不思議とエリコには今までにない力が、体の奥から湧《わ》き出していた。

ケンジが戻ってきた日の夜、二人は近くのファミリーレストランで向かい合っていた。ケンジは腕を組んでじっと目を閉じている。

「きちんと説明して欲しいわ」

しばらくケンジは黙っていたが、思っていたよりも給料が少なく、家に帰る気がしないのでカプセルホテルに泊まったりして、遣い込んでしまったと白状した。

「おねえちゃんと遊ぶとお金もかかるしな」

妻の前でよくも、とエリコは呆《あき》れ果てた。

「夫とか父親の自覚が、全然ないのね」

「ああ、ないなあ」

開き直ったのかケンジは、チカはかわいいけれど、家庭があるのが負担になっていること、自分は結婚生活に向かないこと、もっと自由に生きたいのだなどといいはじめた。

「勝手ねえ」

「とにかく家が鬱陶《うっとう》しいんだよ」

「じゃあ、どうして私と結婚したの」

思わず周囲を見回したが、二人に注目している人は誰もいなかった。

「勢いでやっちゃったのが間違いだったんだ。でも本当にお前のことは好きだったんだよ」

過去形とわかって、エリコは腹を括《くく》らざるをえなくなった。

「そうね、私も好きだったわ。でもこうなったら仕方ないわね」

はっきり口には出さないまでも、二人の考え方には明らかに溝があった。父、夫を求めるエリコと、それをやめたいケンジ。しばらく別居をして頭を冷やしたら関係修復ができるというようなものではないと、お互いによくわかった。あまりにケンジは子供だったのだと、エリコは意外なほど冷静になっていた。慰謝料、チカの養育費など、いったいどうするつもりかと、ケンジににじり寄った。

「決まった女とは浮気していない。面倒をみている女もいない。これだけは信じてくれ」

「不特定多数というわけね」

なるたけ慰謝料を減らしてもらいたいのか、女性とは深い付き合いはしていないと強調した。エリコはチカのために二十歳までの養育費だけはと交渉すると、どう踏ん張っても毎月五万円という。

「少なすぎるわ。教育費がいちばんかかるのに。その三倍はもらわないとだめ。そうなると家庭裁判所に話を持っていって……」

「やめてくれ。そういうの苦手なんだよう」

ケンジは情けない声を出した。

「じゃあ、大まけにまけて私への慰謝料は、たてかえた家賃分と、引っ越しの経費全部でいいわ。でもチカの養育費は最低、月に十万円よ」

結局、エリコは頑張って月々十万円の支払いを納得させた。

「それじゃ、ここに書いて判を押して」

エリコはバッグの中から、自宅から持ってきたケンジの印鑑と、覚え書きのための便せん一式、緑色で印刷された離婚届を取り出した。ここで逃げられたら、またいつ会えるかわからないからだ。ケンジはずらりと並べられた、離婚へ向けての書類に驚きながら、エリコから引っ越し等に関する経費の請求があったときには即時に支払い、チカが成人するまで、月々十万円を月末までに必ず振り込むと書いて署名捺印《なついん》した。エリコは彼が書いた文字に成長した形跡がなく、子供みたいに稚拙なのを見てため息が出た。

「離婚届は私が預かっておきます。証人にサインをもらって、提出したら連絡しますから。これを出せば、少なくとも夫っていう立場からは解放されるわよ。私たちは引っ越しの準備をしなきゃならないから、早めに自分の荷物を持っていって」

「今日、そっちに泊まっていいか。荷物を整理しなくちゃいけないし」

うなずいたエリコは、自分がはじめて主導権を握ったのが、おかしかった。

二人が家に戻ると、チカは相変わらずゲームに没頭している。

「目が悪くなるでしょう。何時間やってたの、宿題は終わったんでしょうね」

チカは画面に目を奪われ、二人を無視し続けている。

「ちょっと話を聞いて。お父さんとお母さん、離婚することにしたんだけど」

どんな反応をするかと胸がどきどきしたが、チカは画面から目を離さず、

「ふーん、そうなると思ってた」

といい、コントローラーを操っている。

「いいのね」

「好きにすれば」

エリコとケンジは拍子抜けして、思わず顔を見合わせた。

ケンジは洋服ダンスから自分の服を出して、荷造りの準備をはじめた。エリコが納《なん》戸《ど》から段ボール箱を持ってきて、ケンジがそれに詰める。エリコは、夫婦が別れるのが決まっているのに、この期《ご》に及んで二人で仲よく共同作業をしているのが、滑稽《こっけい》で不思議だった。

家を出るケンジの荷物が、次々に梱包《こんぽう》されているというのに、チカはテレビゲームに没頭していて、全く興味を示さない。

「あいつ、おれがいなくなっても平気なんだな」

梱包を手伝っているエリコに、ケンジは寂しそうにつぶやいた。

「平気じゃないと思うわ。ただ父と娘の別れみたいなのが、恥ずかしいんじゃないの。照れくさいのよ」

「一生、会えなくなるかもしれないのに。ずっとゲームばっかし。あんなもん、買ってやるんじゃなかった」

ケンジは力任せに、箱の中にスニーカーを突っ込んだ。

「一生、会えないなんて、そんなわけないでしょ」

「でも全然、おれのことなんか気にしてないみたいだし」

愚痴をこぼすケンジを見て、エリコはまるでこれまでの自分を見ているかのようだった。ワゴンタイプの家の車で運びきれない家具もあり、

「何度かに分けて運んでもいいか？」

とケンジは上目遣いになって、エリコに聞いた。彼の声は小さく暗くなっていく。

「いいわよ。家具はどこに運ぶの」

それに反してエリコの口調は、明るくなっていった。彼がどこに荷物を持っていこうが関係ないが、やはり気になる。

彼は荷造りを続けながら、とりあえず会社の倉庫の隅に置かせてもらい、あとは新しい部屋が見つかるまで、身の回りの物を持って、友だちの家に居候《いそうろう》するという。顔が濃くて押しの強いケンジの背中が、こんなに丸くなるとは思わなかった。早急に事を進めすぎたかしらと、エリコは少し彼がかわいそうになったが、きっかけは彼から、「一緒に住みたくない」と宣言されたことだったと思い出して、あらためて背筋を伸ばした。

荷物を段ボール箱やゴミ袋に手当たり次第に突っ込んで、ケンジの荷造りは終わった。

「鍵《かぎ》、まだ持っててていいか？　いないときに荷物を取りに来るようになるから」

こんなふうに彼におうかがいをたてられたことなど、今まであっただろうか。

「いいわよ。荷物運びが全部終わったら、ドアの新聞受けに入れておいて」

「わかった」

ケンジは用事が済んだのに、いつまでも部屋の中でもじもじしていた。

(本気で泊まっていくつもり?)

いちおう泊まっていいとはいったものの、彼の態度を見ていたら、それを許してはいけないという気持ちになってきた。

「お父さんが帰るから、ちゃんと挨拶《あいさつ》をしなさい」

エリコはチカに声をかけて、ケンジにけじめをつけさせようとした。チカは億劫《おっくう》そうに立ち上がり、いつもの仏頂面《ぶっちょうづら》で二人に近づいてきた。

「こうなってもお母さんは、チカが会いたいときにお父さんに会えばいいと思ってるからね」

チカは頭を掻《か》きながらあくびをしている。

「まじめな話をしてるんだから、あくびなんかしないの」

エリコが怒ると、

「出ちゃったもんは、しょうがないじゃないか」

とふてくされた。

「お母さんはこれから一人で大変だから、ちゃんということをきかないと。ゲームばっかりしたり、わがままばっかりいってちゃだめなんだからな」

ケンジが諭すように話すと、チカは急に鋭い目つきになって、大声でいい放った。

「あんたにいわれたくないよっ」

エリコとケンジはその場に凍りついた。二人を尻目《しりめ》にチカはまたテレビの前に戻り、コントローラーを手にしてゲームの続きをはじめた。エリコとケンジは言葉もなく、あっけにとられたまま立ちつくしていた。しばらくしてケンジは我に返り、

「それじゃ」

とうつろな目をして、エリコに片手を挙げて出て行った。

「どうしてあんなことをいうの」

エリコは怒った。

「自分がわがままなくせにさあ。あんな人間にあれこれいわれたくないよ」

「そんないい方をして。だめでしょ」

「かんけーないよ。全部、自分の都合だろ。偉そうなことばっかしいってさ」

「そんな、自分の父親を、まったく、本当に、どうして……。だめじゃないの」

「別にかばうことなんかないよ。ずっと我慢してたんでしょ。嫌だから別れたんじゃないの」

チカはじっとエリコを見つめた。

「ああ、まあ、それはそうだわ」

うなずいていると、チカは、何をいってんだというような表情で、風呂場《ふろば》に入っていった。それから日を追うごとにケンジの荷物は消えていき、一週間足らずで室内にはケンジが住んでいた痕跡《こんせき》はすべてなくなり、新聞受けに鍵が入れてあるのを確認して、エリコは手元にあった離婚届を役所に提出した。帰り道、これでケンジとはすべて終わったと、深呼吸をした。

エリコは祖母と母を和食店の個室に招いて、料理が運ばれてくる前に、離婚に至った事情を説明し、正式に離婚したと話した。チカが名字が変わるのをいやがったので、実家の姓には戻らないというと、二人は納得してくれた。

「チカちゃん、この前に会ったときから、また背が伸びてるみたい」

祖母の言葉にチカは、

「うーん、そうかなあ」

と首をかしげた。祖母や母にはごくふつうに接してくれるので、エリコはほっと胸を撫《な》で下ろし、もっと家賃の安いところに引っ越しもしなければと話すと、

「ケンジさんは、私たちには本当によく気を遣ってくれて、優しい人だったけどね

え」

と祖母と母は顔を見合わせて、何度もうなずいていた。そこへチカが、

「外面《そとづら》がいいだけなんだよ」

ときっぱりといいきった。二人がびっくりして目を丸くするのを見て、エリコは、

（またチカが爆弾を落とした）

と冷や汗が出てきた。

「ちょっと、エリコ、口を開けてごらん」

祖母が顔をぐっと近づけてきた。

「えっ、どうして」

「いいから、ちょっと見せてごらんってば」

いわれるまま口を開けると、彼女はエリコの下顎《したあご》をのぞきこみながら、

「あーあー、こんなになって。我慢したんだねえ」

と首を横に振った。下顎の両側の奥歯の手前に、丸く出っ張っている骨がある。ふだんは口の中にそんな骨が出ていることすら感じない。

「これはね、我慢こぶっていうんだよ。我慢した人は、ここがものすごく大きくなるの。エリコのは大きいわ」

「私はどうかしら」

母はバッグから鏡つきのパウダーファンデーションのケースを出して、口を大きく開けた。

「あらー、大きくないわ」

「あんたは我慢なんかしてないから、大きくなるわけないよ」

「そんなことないわ。それなりに苦労もしたのよ」

「苦労をしたのと、我慢をしたのとは違うの。見せてごらん。あーら、小さいこと」

祖母にそういわれた母は、エリコの口の中を見て、

「まあ、どうしてこうなるのかしら」

とびっくりしていた。こんなに大きくなるのかと思えるほど、こぶが大きい。

「いいたいことを我慢して、ここまできたんでしょ。ま、しょうがない。ケンジさんとはご縁がなかったんだ。しかしうちの女連中は男運が悪いねえ」

祖母の言葉に、母もエリコも苦笑いするしかなかった。

料理が運ばれてくると、女たちのそれぞれの胸の中に詰まっていたものが、そのときだけはふっとんだ。これはおいしい、珍しい、こんな料理の仕方もあるのか。次には食器、ニュース、芸能人の結婚、離婚話まで、おしゃべりは尽きない。

「ところでいつ引っ越しをするの。お金もかかるし、うちに来る？」

母が心配そうに聞いてきた。母はエリコが中学生のときに、2DKのマンションに引っ越してから、ずっとそこに住み続けている。

「うちは狭いから三人は難しいねえ……」

祖母は申し訳なさそうだ。

「いいの、それは大丈夫。私のほうでちゃんとやるから。お母さんやおばあちゃんのところだと、チカが転校しなくちゃならないし」

「転校はいやなのね」

「だって、ほとんどが小学校から一緒の友だちばかりだもの」

「それはそうだよね」

そうはいいながらも、母は何とかならないかと考えていたようだが、転校を避けるとなると、通学区域内での転居しかない。

「親子二人だもの。贅沢《ぜいたく》しなければ何とかなるわよ」

エリコがそういったとたん、母が、

「ごめんね、何も助けてやれなくて」

と泣き出した。エリコとチカはあっけにとられた。母がいうには自分は働き詰めで、幼いチカの面倒も母親にまかせるような有様だったし、それでいて経済的に面倒をみていたわけでもなく、結局は、苦労をしていた娘や孫に対して、何の役にも立っていなかった。母親失格だと悔やんでいる。

「そんなことないわよ」

エリコが慰めても、母はいつまでも花柄のハンドタオルを目から離さない。

「あんた、今さら泣いたって、どうにもならないんだから、やめなさい。過ぎた事を泣いたってしょうがないじゃないの。これからエリコとチカは二人で生きていくんだから、湿っぽくなったら、縁起が悪いじゃないか」

祖母に叱《しか》られた母は、

「そうね、そうだね」

とハンドタオルをバッグにしまい、

「手伝えることがあったら、何でもいってちょうだいね」

と鼻水をすすった。目の周りのファンデーションがきれいに落ちていた。

祖母をタクシーに乗せ、母を駅の入り口で見送って、エリコとチカは電車で帰った。みんなといるときは、それなりにしゃべるチカも、二人きりになると黙りこくったまま、バッグから手鏡を出して、ずっと前髪を気にしている。それが終わると目を閉じ

て居眠りをする始末だ。駅からマンションへの帰り道、引っ越す部屋はどういう所がいいかとエリコが聞くと、いつものように、

「別に」

がはじまった。あまりにそっけないので、

「お金がもったいないから、ワンルームにするかな」

といってみると、

「やだ、それはやだ」

と抵抗した。母親とでも同じ部屋にいるのは避けたいらしい。休みの日にしか物件を見に行けないけれど、遅くてもチカの夏休み前には何とかしたかった。

離婚したエリコは、気持ちが変わったのを自覚した。ケンジとの生活がうまくいかなくなると、彼の態度が気に入らないと憎らしく思いながら、結局は、生活面はケンジが何とかしてくれると考えていた。以前は仕事中にぼーっとして、よく金メッシュに叱られていたが、今はそんな気のゆるみはなくなった。月々の養育費は振り込まれるものの、親としてチカをちゃんと育てなくてはならない。

「ぼーっとしている暇なんてないわ」

気合いが入ったエリコを見て、金メッシュは離婚の事実を知っているのかどうかは

わからないが、

「カワムラさん、このごろさわやかでいいですよ。その調子でいきましょう」

と褒めるようになった。しかし離婚を知っている同僚からの評判は、いまひとつだった。

「そんなに、がんばらなくてもいいのに」

「えっ、そういうふうに見える？」

「エリコちゃんは、おっとりしている雰囲気がいいんだから。あんまりてきぱきすると、慣れないから戸惑っちゃう」

「金メッシュには褒められたんだけどなあ」

「あの人の基準は極端なのよ。あなたにはあなたのよさがあるんだから、今まで通りでいいわよ」

傍目《はため》にも気合いが丸見えになっていたとわかって、エリコは素っ裸で仕事をしていたようで赤面してしまった。

「わかりました……」

小声でつぶやいてうなだれると、同僚はくすくす笑っていた。

家のドアを開けたとたん、ゲームの音が聞こえてきた。

「ただいま。チカちゃん、あなた宿題はしたの？　本当にゲームばかりして困ったわねえ」

ダイニングキッチンのテーブルの上には、部屋の間取り図が何枚か置いてあった。

「どうしたの」

「もらってきた」

チカはいつものように、画面から目を離さない。

「学校の帰りに、近くの不動産屋に行って。そこのおやじがくれた。早く決めないと先に決められちゃうよって」

一度もエリコのほうを見ない会話だったが、いつも仏頂面《ぶっちょうづら》のチカが、母子のこれからの暮らしについて考えてくれているのがわかり、涙がどっと出てきた。画面を凝視していたチカも、さすがに様子が変だとわかったのか、エリコのほうを見た。ぴーぴーと子供のように泣いている母の姿に、不思議そうに首をかしげていたが、すぐにまたゲームに没頭した。エリコは手の甲で涙を拭《ふ》きながら、チカの背後に歩み寄り、

「チカちゃん、ありがとう」

と後ろから抱きしめた。それでもチカは画面から目を離さず、

「あー」

と間の抜けた返事をしただけで、どこまでもクールだった。

二人で夕食を食べながら、

「ここはどうかしら。三階建ての三階東南角部屋。振り分けだし。消防署の裏のほうよ」

とエリコが話しかけても、「ふん」とか「うん」とか生返事しかしない。

「張り合いがないわねえ。後から文句をいわれるのはいやよ」

「いわねえよ」

「またそんな口のきき方をする」

「あたしの部屋がちゃんとあればいいよ。それだけ」

「わかってるわよ。だから二間あるところの図面をもらってきたんでしょ。ここは北向きだからちょっとねえ。あら、やっぱり家賃が安いわ。家賃は正直ねえ」

エリコがあれこれ迷っているうちに、あっという間にチカは食べ終わり、すぐにテレビ画面と向かい合った。ロールプレイングゲームのいつもの音楽が聞こえてくる。宿題はしたのかと確認しても、聞こえているのかいないのか知らんぷりだ。

「いい加減にしなさいっ」

微妙な年頃の子を持つ母は、感激したり怒ったりと忙しい。エリコの怒った声に対してチカがそっぽを向いたものだから、また母子の仲は険悪になった。

二日後の休みの日、エリコは不動産屋に行って、候補にあげた物件を見せてもらった。六畳二間の振り分けで東南の角部屋なので、すでに契約済みかもとあきらめていたが、空室になっていたのは、私たちのために空いていたのだと、都合よく考えた。他にも二部屋見せてもらったが、日当たりが悪かったり、雰囲気が暗かったりで、住む気にはなれなかった。東南角部屋の問題は、消防署が近くにあるので、出動時のサイレンの音だけだったが、何かあったときには、すぐ火を消してもらえると考えるようにして、その部屋を契約した。

「決めたわよ」

そうエリコが報告すると、チカは、

「ふーん」

と気のない返事をしながら、テレビ画面から目を離さない。これから母子二人で、新しい生活がはじまるっていうのに。どうしてこの子はこうなのかと、口をぽかんと開けて熱中している娘を見ながら、エリコは深いため息をついた。

エリコは引っ越し準備のため、ゲーム以外はとても尻《しり》の重いチカにハッパをかけた。自分の身の回りの物を荷造りさせようとしても、遅々として進まない。

「わかってる？　来月の連休に引っ越しなのよ」

「めんどくさ。勝手にやってよ」

「やだわ。あとで『あれはどこにいった。ああ、あれがない』っていわれるに決まってるもの。自分の物は責任を持って、捨てるものは捨てる、持っていくものはちゃんと箱に詰めてわかるようにして……」

「わかってるよ、うるさいな」

「わかってないわよ。何度、同じことをいわせるの」

エリコは引っ越し業者が置いていった、梱包《こんぽう》用の大中小の大きさの段ボール箱をチカの机の横に置いた。チカはその日、ひとことも口をきかなかった。

「気難しくなっちゃって、いったいどういうふうに接したらいいのか、困ってるんですよ」

昼食を取りながら、つい先輩たちに愚痴をこぼした。

「僕なんか娘にとってはイヌ以下だからね。ひどいもんだよ」

その男性は、身だしなみもよく容姿も人並み以上である。娘からすれば自慢のお父さんだろうと思っていたが、現実は厳しいらしい。

「話しかけても無視だし、イヌが僕のほうに走って来ようとすると、『あー、そっちに行っちゃダメ。こっちにおいで』なんていうんだよ。するとうちの馬鹿《ばか》イヌが、くるっと方向転換して、娘のほうに走っていくんだよね。それを見た女房はさ、『それじゃ、お父さんがあまりにかわいそうだから、そんなふうにいわないであげて』なんて、お願い口調なんだ。いつから僕は家で哀れまれるような存在になったんだって、がっくりくるよ。そのくせ、このごろずいぶん話しかけてくるようになったなと思うと、自分の誕生日が近くなっててさ。それがわかってるのに、ふだん、あまりに無視されているから、ちょっとでも甘えられるとうれしくて、つい財布を開けちゃうんだよ。でもそれが過ぎたら、また無視の日々なんだ」

「うちもひどかったわよ。言葉遣いは悪いし、態度も悪いし。学校ではそれなりにちゃんとしてたらしいんだけどね。親としてはとにかく、叱《しか》るところは叱らなくちゃいけないけど、とにかく見守り続ける忍耐の時期らしいわよ。逆に反抗期がある子のほうが、そのときさえうまく乗り切れば、のちに問題が起きないんですって。一時期、本当に気分も暗くなったし、どうしてあの子がって悩んだけど、今は結構話もしてるから、いっときの辛抱よ」

「うちはそういう微妙な時期に、夫婦が揉《も》めて離婚したものだから、その影響もあるのかなあ」

エリコの声が小さくなった。

「両親が揃《そろ》っていたって、トラブルや問題を抱えていない家庭なんてないわよ。何かあっても離婚のせいって深く考えないほうがいいんじゃない。もしそうだとしても、そういう環境で暮らしていかなくちゃならないんだから。子供にもしっかりしてもらわないとね。大丈夫よ、あなたの子供なんだから、今はそうでも、ちゃんとした人間に育ってくれるわよ」

励まされてエリコは少し気持ちが軽くなった。日々、目についたことを細々《こまごま》といい過ぎるのかもしれないと、これまでの自分の態度を振り返ったりもした。しかしろくに勉強もしないでテレビゲームばかりやっているのは問題だし、これからは男の子との問題も起きてくるだろうし、

「親って大変ですよねえ」

とつぶやいたら、先輩二人も、

「そうそう」

と深くうなずいていた。

エリコが会社から帰ると、チカはいつもと同じく、テレビゲームの真っ最中である。

「ただいま」

無言だ。もう一度、大きな声で、

「ただいまっ」

というと、画面に目を向けたまま、

「あー」

とひとことだけ気のない返事をした。

「本当にあなた様の、ゲームへの集中力には感心するばかりでございます」

皮肉をいってもチカの耳には入らなかったようで、完全に無視された。ちょっとぐらい手伝ってくれてもいいと思うのに、キッチンでエリコが食事の準備をしていても、我関せずだ。やる気もなく不機嫌な顔で手伝われると、その後の食事もまずくなりそうなので、エリコは冷凍しておいたハンバーグと、帰りに買った野菜でサラダを作り、あっという間に夕食を調えた。

「できたわよ」

チカの部屋をのぞくと、段ボール箱が組み立てられて、中に荷物が入っているのが見えた。あんな仏頂面《ぶっちょうづら》をしていても、彼女なりに荷造りをしたようだ。ふうーっとひとつため息をついてチカは立ち上がり、どすんと椅子《いす》に座って、

「いただきます」

と手を合わせた。

「学校はどう？」

「別に」

向かい合って食事をしていても、会話が続かないのは相変わらずだ。前に座っているのが、別れた夫ではないかと錯覚するほどだ。なるべくこの場にはいたくないとでもいいたげに、チカは急いで食事を済ませたがっているようにも見える。

「勉強は大丈夫？」

「さあ……」

「引っ越した後に、中間テストがあるんでしょう。ごたごたしたなかで、勉強に集中するのも大変ね」

「……」

「ゲームも……」

「ごちそうさまっ」

チカは席を蹴《け》るようにして、その場から離れ、テレビの前に座った。どんなに仏頂面であっても、食事の前の「いただきます」と「ごちそうさま」を欠かさないのは、育ててくれた祖母の躾《しつけ》の賜物《たまもの》だ。それを口にするうちは、まだ安心していていいのかもしれないと考えるようにした。

チカの生活態度を見て、ひとこといいたいのをぐっとこらえ続けているうちに、引っ越しの前日になった。

「荷物、箱にいれた？」

チカは黙って足元に置いた箱を指さした。

「ここに何が入っているか、書いておかないと後が大変よ」

ガムテープとマジックインキを手に、チカの荷物が入った箱を開けると、大きい箱に本や辞典、小さい箱に靴下などが入っている。

（大きな箱に軽い物、小さい箱に重い物ということもわからないのか）

ちょっとがっかりしつつ、ガムテープで封をする前に、

「運んでくれる人のことを考えて、重い物は小さい箱にいれたほうがよかったかもし

れないわね」

　とやんわりといった。

「関係ないよ。お金、払ってんでしょ」

　エリコの頭の線がぶちっと切れた。

「お金を払ってるとか、払ってないの問題じゃないの。これは人に対する思いやりでしょう。こういうことはね、テストでいい点を取る以上に、もっと大切なのよ。このままでいいかと思ったけど、チカがそういう気持ちでいるなら、絶対に許さないから。今すぐ、詰め替えなさいっ。わかった？　すぐよ。今、やりなさいっ」

　母親が本気で怒っているのがわかったのか、チカは体中から不満のオーラを発しつつ、けだるそうに荷物を入れ替えはじめた。エリコはいつになく、母の威厳を保ったような気がした。

　すったもんだしながら、なんとか新居への引っ越しは完了した。

「狭いね」

　チカがぽつりといった。がらんとした物件を見たときはそう感じなかったが、家具と段ボール箱でいっぱいになった室内は、身の置き所がなかった。

「片付ければいいのよ」

エリコが箱を開けて、荷物を押入やタンスの中に片付けはじめると、チカも自分の荷物を開けた。ひととおり室内の荷物を収納し終わり、エリコが空の段ボール箱をまとめていると、チカが、

「やっぱり狭いね」

という。

「仕方がないでしょう。前のマンションが贅沢《ぜいたく》すぎたのよ。私たちにはこのくらいの広さがちょうどいいの。掃除をするのも面倒くさくなくていいわ」

チカは黙ってエリコの言葉を聞いていた。隣室と下の階に挨拶《あいさつ》を済ませて部屋に戻ると、チカはテレビを置いたダイニングキッチンに陣取り、テレビゲームを接続している。エリコはため息をつきながら、二人で食べるために、出来合いの鮨《すし》を買いに行った。

翌日、前より狭くなったダイニングキッチンに、無理矢理押し込んだようなテーブルで朝食を食べながら、エリコは、

「これからデパートに行かない？　セールをやってるみたいだし。服を買ってあげる」

とチカを誘った。母親がいつも服を買うデパートを知っているチカは、原宿と代官

山以外には興味を示さないので、どうでもいい顔をしている。

「お金ちょうだい。自分で買うから」

「だめ。一緒に行くなら買ってあげる。結構、若い人向きのおしゃれでかわいいものも売ってるのよ」

そういわれてチカは渋々、うなずいた。

特に会話もなくデパートに到着した。

「ここが若い人向きの売り場よ」

気乗りのしなかったチカも、若い子に人気のあるブランドが入っているのを見て、急に目が輝きはじめた。これから母子二人の生活がはじまるのに、のんきにデパートで買い物をしている場合かとも考えたが、二人で協力して暮らしていこうという気持ちから、あえて多少の散財は覚悟したのである。チカはデニムのショートパンツと、それに合わせるピンクと白の花柄のキャミソールが気に入った様子だ。

「このようなジュエルサンダルも合わせるとかわいいですよ」

キラキラ光る飾りのついたサンダルを見て、

「かわいいーっ」

と声を上げた。

「セール中なので、とてもお買い得になっていますので」

「お買い得だって」

チカがエリコの顔を見て念を押す。

「はい、わかりました。気に入ったのならそれにしなさい」

チカは店員さんから渡された、ブランドのロゴが入った袋をうれしそうに肩から下げながら、エリコの隣を歩いていた。

「カーテンを見たいから上に行くわよ。前の部屋で使っていたカーテンは使いたくないから、もったいないけど処分してきちゃったのよ」

チカはおとなしくついてきて、お買い得になっていた、二人の部屋に取り付けるカーテンを購入した。チカはかわいい柄のカーテンを見つけて大喜びで、久しぶりに買い物をした二人のテンションは最高潮に達していた。ふと気がつくと会話をしながら、二人はにこにこと笑っていた。

「お腹《なか》すいたね。何か食べようか」

「あたし、クレープがいい」

「それはデザートでしょう。たしかこの上の階にあったはずだから」

和洋中の料理とデザートが、何でも揃《そろ》っている、昔風にいえばお好み食堂のような場所で食事をしていると、ガラス張りの店の通路を隔てた向こう側のドアから、着物姿の女性たちが、ひんぱんに出入りするのが見える。

「あそこは劇場なのよ。踊りの会でもやっているのかしら」

デザートにチョコレートバナナクレープを食べた二人が店の外に出ると、たまたま開いたドアから、三味線の音と唄《うた》が聞こえてきた。

「ど〜お〜〜ぞ〜、か〜な〜え〜て、くだ〜さんせ……」

思わず二人は顔を見合わせた。

「これ知ってる。ミエコちゃんがいつも唄ってた」

「そうね、あの曲ね」

ドアが閉じられ、三味線の音と唄は聞こえなくなった。劇場の入口にまわると、

「美笹会《みささかい》　初夏の会」

と看板が掛かっていて、スタンド式の祝い花が置かれていた。興味ありげなエリコの姿を見た、お揃いの着物姿の年輩の女性たちが、

「若い方に見ていただけると、私たちも張り合いがありますから、お時間がおありでしたら、お立ち寄りください」

と話しかけてきた。

「こちらは何の会ですか」

「小唄です。ご存じ？」

「いえ、よく存じ上げないのですが、さきほど私の祖母がよく唄っていた曲が聞こえたものですから」

「まあ、それはそれは。無料ですのでぜひどうぞ。かわいいお嬢ちゃんもご一緒に」

かわいいお嬢ちゃんといわれたチカは、きょとんとした後、恥ずかしそうに笑った。

「ちょっと聞いていこうか」

チカはおとなしくエリコの後についてきた。思ったよりもこぢんまりした劇場内の、四分の三の席は埋まっていた。舞台に目をやると、横に二つ、御簾《みす》が設《しつら》えてあって、右側のほうで三味線を伴奏に年輩の男性が唄っている。演目が終わると御簾が下がり、隣の御簾が勢いよく上がって、別の出演者が登場する。どうやら唄っている間に、もう片方の御簾の裏で準備をしているようだ。合理的なしくみにへえと感心しながら見ていると、前の席から、

「おばあちゃんは、あと五つ後よ。うまくできるかしら。心配だわ」

と出演者の身内らしき、両親と娘と息子の四人家族が話し合っている声が聞こえた。

客席にはいかにも粋筋《いきすじ》といった女性たちや、スーツ姿の年輩の男性の姿が多く、平均

年齢が高い。チカは隣の席の着物姿のおばさまに、

「よろしかったら、どうぞ」

と飴玉《あめだま》と小さなチョコレートをもらって喜んでいた。ちゃんと、

「ありがとうございます」

と礼をいっていたので安心した。

はじめて聞いた小唄には意表を突かれた。男女の恋をしっとりと唄うものもあるけれど、「アイヤお立合」と勇ましい口上ではじまったり、「えいえいすぽぽんのぽん」で終わったりと、さまざまだ。節回しも予想もしなかった音に飛んだりして、そのたびにへええとびっくりし続けていた。

「ほらほら、準備しておいて」

前の席では、母親に肩を押された息子が、カメラを手に舞台に向かって走っていった。おばあちゃんの勇姿を撮影するのだろう。御簾が上がると三人は他の出演者のとき以上に、力一杯、拍手をしていた。白髪頭のそのおばあちゃんは、薄水色の着物を着た、とても品のいい人で、かわいらしい声で「川風」と題された小唄を唄った。御簾が下がると三人は、また力一杯拍手をして、

「あー、よかったあ」

とお互いうなずき合っていた。

「今回は唄の文句を忘れなかったなあ」

「前は止まっちゃって、途中で御簾が下りちゃったんだもの。おばあちゃん、結構、落ち込んでたでしょ。ああ、無事に済んでほっとした」

息子さんは指でＯＫサインを出しながら、

「ばっちり、ばっちり」

とカメラを手に戻ってきた。粋筋の雰囲気が漂っているのに、とてもアットホームなやりとりが交わされているのも面白かった。

エリコは大人になってあらためて聞いた三味線の音が、とても心地よかった。小学校の高学年のとき、仲のいい友だちが出る踊りの会に招かれて、ふだんと全く違い、真っ白く顔を塗り、鬘《かつら》もつけた日本人形のような姿で踊るのを物珍しく見たけれど、とても退屈だったと記憶している。そのときも三味線などの音曲《おんぎょく》があったのは確かなのに、何とも感じなかった。ところが今日、耳にした三味線の音は、聞けば聞くほどじわじわと染《し》み入ってきて、体がほぐされていくような感覚に襲われた。いつまでもこの空間に身を置いていたかったが、チカは三十分ほどすると、

「出ようよ」

とエリコの脇腹《わきばら》を何度も突っついた。

「はい、わかりました」

後ろ髪を引かれる思いで劇場を出た。出口には無料の美笹会のパンフレットや、今回のプログラムが置いてあり、その横には会の家元や有名なお師匠さん方のCDやカセットテープが並んでいた。エリコがCDを買うのを、チカは不思議そうな顔をして眺めていた。

テンションが上がり続けていたエリコは、デパ地下でお総菜やデザートを購入した。

「今日は特別よ」

エリコはチカと自分にそういい聞かせながら、両手に袋を提げて帰りの電車に乗った。チカはテンションが下がったらしく、帰りの車内では無口になっていた。

引っ越したマンションも以前と同じ駅を利用するので、改札を出るとつい前のマンションのほうへ、足が向いてしまいそうになる。

「あ、逆だった」

チカも前の出口から出ようとして戻ってきた。帰り道、エリコがチカに話しかけても、短い返事しか返ってこない。欲しい物を買ってもらっても、そう簡単に心は開かないらしい。前よりも駅から歩く時間が長くなって、チカは何度も途中でため息をついていた。長いといっても、三十分も四十分も歩くわけではないのだ。

「ゲームばかりやって運動不足だから、これくらい歩いても疲れちゃうのよ。デパートではあんなに元気に歩き回ってたじゃないの。慣れたらこれくらいの距離なんて、何でもないわよ。ダイエットするより、ずっと健康にいいわ」

エリコに痛いところを突かれたチカは、きまりが悪くなったのか、知らんぷりをしている。

（しょうがないわねえ）

苦笑いをしながら、やっとたどりついた母子二人暮らしのマンションのドアを開けた。新しい畳の香りがする。いい匂《にお》いだと息を吸い込んだとたん、チカは、

「変な匂い」

と顔をしかめた。

「えっ」

エリコは二の句が継げなかった。世代が違っても、青畳の匂いは誰もがほっとする匂いだと思っていたのに、変な匂いといわれたら、何といっていいかわからない。この子は本当に日本人なのだろうかと驚きつつ、

「それじゃ、今日の小唄はどうだった？」

と聞いてみた。

「すだれが上がったり下がったりするのは面白かったけど、出てる人がずーっと座ってて、見ててつまんない」

「風情《ふぜい》があってとてもよかったけど……」

デパ地下で買ったお総菜をテーブルの上に並べながらつぶやいていると、チカは買ってもらった服を胸に当てて鏡に映し、

「やっぱり、こっちにしてよかったあ」

とはしゃいでいた。

小唄《こうた》の会に偶然、足を踏み入れてからというもの、エリコの頭のなかには、ぐるぐると小唄が渦巻くようになってしまった。会場で買ったCDを早く聞きたいので、チカに、

「ラジカセ、借りるね」

とことわった。そのCDラジカセは、チカが小学生のときにケンジが買ってやったもので、ただ音楽が聞けるだけといった代物《しろもの》だ。いちおうチカからは、

「あー」

とけだるそうではあったが、使用許可が出たので、自分の部屋に持ってきて、早速、CDをセットしてみた。

一曲が短いので、一枚に四十曲近く収録されているのがすごい。「どうぞ叶《かな》えて」も、会で唄の文句を忘れないかと家族から心配されていたおばあちゃんが唄っていた「川風」も収録されている。他にも「夜桜や」「夕立や」「五月雨《さみだれ》や」「雪はしんしん」など、季節感のあるタイトルがずらっと並んでいる。

「あら、『びんのほつれ』だって。色っぽいわね」

ブックレットの歌詞を見ると、

〈びんのほつれは枕《まくら》のとがよ　それをおまえにうたぐられ　勤めじゃエエ苦界じゃゆるしゃんせ〉

とある。気の毒に。そういう立場の女性の唄なのかと思いつつ「われが住家」を見ると、

〈われが住家はかくれ里　猫が三味弾く　ねずみが唄う小唄のおもしろや……〉

と日本昔話のようだ。小唄を聞いていると、それが小さなスピーカーから流れてくるものであっても、体がゆるんでいく感じがした。

小唄の世界では有名であろう、女性のお師匠さん方の唄は、小唄の会に出ていた素《しろ》人《うと》の方々とは、数段違う趣があった。素人の唄でも、それなりに感激したのに、その何倍も心を揺さぶられた。透明感のあるかわいらしい声、きっぱりとした声、しっとりとした優しい声と、それぞれさまざまな声質があるのだが、どの小唄も素晴らしい。複数の楽器で伴奏をしているわけではなく、人間の声と三味線のみである。シンプルの極みなのに、「川風」はさわやかな雰囲気が漂うし、「夜桜や」は酔っぱらっていい気持ちで、桜の花の下を歩いている情景が目の前に浮かんでくる。生まれてから今ま

で、たくさんの音楽を耳にしてきて、こういう感覚ははじめてだった。ミュージシャンやアイドル歌手の歌う曲を好きになったのとは、全く別の感覚だ。唄声といい三味線といい、今まで気づかなかった、自分の深い部分に隠れていた何かを刺激される感覚だった。

それからエリコは通勤の行き帰り、家事をしながら、ふと気がつくと祖母が唄っていた「どうぞ叶えて」を口ずさんでいた。でも唄の文句を覚えているのは途中までで、あとは、

「ふふ〜ん、ふふふん、ふふ〜ふんの〜ふ〜ん」

と節回ししか頭の中に残っておらず、今ひとつ欲求不満になった。他にはCDに収録されていて覚えた、

〈八重一重　山も朧《おぼろ》に薄化粧……〉

の出だしの部分だけが、エンドレスで頭の中でまわっていた。

それからというもの、エリコは会社から家に戻ると、ラジカセをキッチンに置いて、夕食の支度をしながら小唄を聞くようになった。覚えている部分は一緒に唄い、わけがわからなくなると、

「ふふふ〜ん……」

とごまかす。「ふふふ〜ん」になってしまうのが、日に日に悔しくなってきた。一曲ぐらいまともに唄えるようになりたい。やっぱり最初は「どうぞ叶えて」からだわと、何度もリピートしていると、ゲームの画面からふと目をそらしたチカに、

「よく同じ曲ばっかし聞いて飽きないねえ」

と呆《あき》れ顔でいわれた。

小唄を聞くようになってから、エリコはチカのゲームに関して文句をいわなくなっていた。以前は「また、やってる」「勉強もしないでゲームばっかり」と、チカの行動が気になって仕方がなかったのに、自分に興味のあるものが出てきたら、娘を無視しているわけではないが、前ほどチカに対して腹立たしい思いを持たなくなった。考えてみれば自分には趣味といえるようなものがなかった。実家にいるときはテレビを見て暇つぶしをしていたし、結婚しているときは夫の行動ばかりが気になり、離婚して娘と二人暮らしになってからは、娘の行動が気になった。興味のわく事柄が出てきて、エリコの意識は小唄のほうに移っていった。

「あなたがゲームを手から離さないのと同じよ。お母さんが『呆れるわねえ』っていった気持ちがわかるでしょ」

そういわれたチカは肩をすくめて、開いたままになっている、ゲームの攻略本に目

を落とした。麻婆豆腐《マーボー》が出来上がりかけている中華鍋《ちゅうかなべ》をゆすりながら、

「ここのところの節回しが難しいのよねえ。音が低いところから、とても高いところに飛ぶんだもの」

とエリコは何度も首をかしげた。

大人になって興味が持てるものを見つけたエリコは、うれしくなって同僚に小唄の会の話をした。みんなの感想は、小唄はじいさんばあさんがやるものでは？　だった。そうでなければ、年上の人たちは、昔、お座敷小唄とか船頭小唄があったと歌謡曲の思い出話に花を咲かせている。

「小唄の会で見たお師匠さんたちも、すっとしてていかにも粋筋《いきすじ》っていう感じなんだけど、素敵でかっこいいんですよ。唄もいろいろな内容があって、いくら聞いても全然、飽きないの」

エリコが興奮気味に話をしても、いちおうみんな相槌《あいづち》は打ってくれるものの、会話は全く続かなかった。

（しょうがないわ。私だって小唄の会に行くまでは、何にも知らなかったんだもの）

会話が空振りになって、ちょっと寂しい思いをしていたエリコに、五十代後半の男性の上司が、

「亡《な》くなった母親が、小唄をやっててさあ」

と話してくれた。

「ええっ、そうなんですか。私が行ったのは美笹会っていう流派だったんですけど」

前のめりになってたずねると、

「美笹会っていうのじゃなかったなあ。でも唄だけじゃなくて三味線も習ってて、子供のときに発表会も見に行ったよ。でも退屈だったっていうことしか覚えてない」

「そうですか。どの流派だったんでしょうねえ」

小唄に関することなら、何でも知りたい。

「知ってる？　あそこの寺の通り沿いに、まだ三味線屋が残ってるの」

彼は会社から三つほど先にある地下鉄の駅のそばに、店があると教えてくれた。

「あの通りは呉服屋とか足袋屋とかあったのに、いつの間にか三味線屋だけが残って、あとは変わっちゃったね。興味があるんだったら一度行ってみたら。役に立つかどうかわからないけど」

「ありがとうございます。ぜひ、行ってみます」

エリコがこんなに終業時間を楽しみにしたのは、別れた夫、ケンジと付き合っていたとき以来だった。やるべき仕事が残っていないのを同僚に確認すると、すぐに会社を出て、教えてもらった三味線屋に向かった。途中、チカに少し遅くなるかもしれないから、待てなかったら冷凍庫から何か出して、チンして食べるようにと電話をすると、

「あー、わかった」

　と覇気のない、おやじのような返事が返ってきた。

「宿題、やりなさいよ」

「あー」

　以前だったら、全く、あの子はとため息をつくところだが、その日は違った。エリコにとって三味線屋に行くわくわく感のほうが、娘の怠惰な態度に対する怒りよりも、はるかに勝っていたのである。

　広々とした携帯ショップ、会社員や学生がたくさん集まる新しいコーヒーショップなどが立ち並ぶ一角に店はあった。質素なガラス戸をとおして、奥の日の当たらない小上がりに、五棹《さお》の三味線が並べられているのがみえる。「津軽」と表示があるものは、他の三味線に比べてひときわ大きい。

「あれが津軽三味線かしら。それに比べて隣にあるのは細身ね」

　三味線を見たエリコは、はじめて動物園にやってきた子供のように、ガラス戸にべ

ったりとはりついて見入っていた。

「よろしかったらどうぞ」

ガラス戸が開き、祖母と同じくらいか、少し若いと思われる年輩の奥さんが、声をかけてくれた。

「あの、でも、私、特にお稽古《けいこ》もしてなくて、あ、小唄の会には、ちょっとだけ行ったことがあるんです。そのときにいいなって思って、あの、それで、会社の人がここにお店があるって教えてくれて……」

このようなお店の人に、自分の立場をどのように話したらよいのかと、あせってしどろもどろになっているエリコを見て奥さんは、笑いをこらえている。

「気にしないで見ていってください。たまたま前を通って入られる方も、たくさんいますから」

エリコは少しほっとして店内に入った。店の奥の暖簾《のれん》がかかった部屋では、作業をしているようだった。そこから、

「いらっしゃいまし」

と男性の大きな声がした。棚には撥《ばち》や大中小の無地や柄物の袋物。漆の湾曲した容《い》れ物《もの》のようなもの。色とりどりの片手ほどの大きさのゴム。直径が六センチほどの茶

色のプラスチックの丸形に、十三個の小さな吹き口が放射状についているもの。楽譜やCD、カセットテープも並んでいる。小上がりに並べてあるのとは別に、店内には絹や木綿の袋に包まれた三味線が立てかけられ、それぞれに邦楽のお師匠さんらしき名前の札がつけてある。

「これは修理を頼まれたものなんですよ」

「へえ、修理ができるんですか」

「三味線はね、修理をしながら、長く使うものなんですよ。ほら、三味線って作るのに釘《くぎ》を一本も使ってないでしょ。皮も胴に張ってあるだけだし、棹も差し込んであるだけなんですよ」

「へええ」

一本も釘を使ってないとは知らなかった。三味線が三つに分かれているのを見て、

「壊れちゃったんですね」

とつぶやくと、

「三味線はばらばらになるんです」

といわれて、またびっくりした。

「前は棹が一本の木でできたものもあったんですけど、今はこの『三つ折れ』がほと

んどですね。ばらすとね、この小さなケースに入るんです。あっちの三味線が丸ごと入るケースは、長さが一メートル以上あってかさばるでしょ。特に年輩の女性のお師匠さん方は、三つ折れ用のケースを使われる方が多いですね」

「弾くときは中に入れていた三味線を組み立てるんですか」

「そう。組み立てて糸をつけてね。糸は細い絹糸をよりあわせてできているんですよ」

「はあ」

三味線を分解して、小さなスーツケースに入るほどの大きさにする。ちゃぶ台や屏《びょう》風《ぶ》や入れ子の器などもそうだが、日本の物ってたたんで小さくなるものが多いなあとあらためてうなずいた。

「あのカーブした容れ物みたいなものはなんですか」

奥さんが棚から下ろしてくれた漆のものを見ると、上下に絹の紐《ひも》がついている。

「これはね、胴掛け。三味線を持ったときに胴の上になる側に、紐でこうやって棹に結びつけるんですよ。これは津軽用で、漆塗りで大きくて派手ですけどね。長唄《ながうた》や小唄にはこっちですね」

津軽用に比べて二回りほど小さいサイズの胴掛けには、無地の縮緬《ちりめん》や格子《こうし》柄、花柄の布地が貼《は》ってあり、土台は厚手の和紙のようだ。

「出来合いので十分ですけど、着物の端切《はぎ》れを貼ったり、好きな柄で誂《あつら》えられるので、楽しいですよ」

「へえ、着物とお揃《そろ》いとか」

「そういう方もおられますよ。お遊びで」

何てかわいらしくて、無駄がないのかしらと、エリコは胸が躍った。店内にあるものすべてが珍しく、すべてを見たいような気になってきた。

「あのう、三味線って、おいくらくらいするものなんでしょうか」

「それはぴんきりね。お稽古用で皮が合皮ではない場合だと、だいたい八万から十万円くらいでしょうかね。合皮だとその半分くらいでありますよ」

「それはどの三味線ですか」

「ごめんなさい。今は手持ちがないの。ご注文いただいたら、少しお時間をもらって調整しますけど」

ピアノみたいに、店に並んでいるのを試し弾きして、これをくださいというわけにはいかないらしい。奥さんは、長唄と小唄の三味線は違うし、お師匠さんによってもなじみの三味線屋が違うので、習うお師匠さんが決まってから、買ったほうがいいのではとアドバイスをしてくれた。エリコはせっかくこの店に来て、手ぶらで帰る気にはなれず、「どうぞ叶《かな》えて」の楽譜はあるかとたずねた。

「流派やお師匠さんによって、どの曲も節回しが微妙に違うんですよね。これはごく一般的な譜面で、お聞きになったのと同じだといいんですけれど。あ、ありました」

奥さんは何冊かの薄い楽譜を調べ、「小唄名曲集　一」を開いて見せてくれた。

五線譜ではなく横線が三本の楽譜に、4とか3とか数字が書いてある。文化譜というもので、三味線の三本の糸のうち、楽譜の下の線がいちばん太い一の糸、真ん中が二の糸、上が三の糸を表し、それぞれの数字の場所を押さえるという意味だと教えてくれた。

「三味線ってギターと違って棹がつるつるで、印も何もないでしょ。だから最初は棹の横に、譜尺っていう、糸を押さえる場所の番号がついたものを貼って目安にするの。ずっとつけてるのはみっともないから、ある程度までいったら、お稽古三味線でも剝《は》がしちゃいますけどね」

譜尺は幅一センチ、長さ六十センチほどの透明なシールで、等間隔ではなく①から⑱までの数字が並び、なかには♯、♭、⑬と⑭の間には①の1の横に♯がついた記号もあって、まるで暗号のようだ。

「昔は譜尺なんてないから、お稽古する人たちは、みんな耳で音を聞いて、押さえる場所を覚えたの。その場所を『勘所』とは、よくいったものよねえ」

昔の人は目安にするものがないなかで、自分の感覚をとぎすませ、耳と指を連動させてお稽古をしていたのだ。

「昔はね、下町では子供に六歳からお稽古をさせたもんなんですよ。別にお師匠さんにするつもりじゃなくて、礼儀作法や我慢して続けることを教えるっていう意味だと思うんですけどね。でも私は好きだったから、途中、戦争で中断しちゃったけど、落ち着いてからも長唄は続けてましたねえ」

「へえ、そうなんですか」

知らないことばかりだった。あまりにエリコが「へええ」を連発しまくったせいか、奥さんは店の隅にあった三味線と撥を手にしてスツールに座り、二、三度、三本の糸の音程を確認しながら、糸の張りを調節したかと思うと、さらっと三味線を弾き始めた。唄は唄わなかったけれど、そのすっと背筋を伸ばした姿勢と、一メートルほどしか離れていない距離で聞いた、体の芯《しん》に響き、そこから体がほぐれていくような音色に、エリコはぼんやりと口を開けたまま、聞き入ってしまった。

「『菖蒲浴衣《あやめゆかた》』という曲でした。お粗末様でした」

「あー、素敵です。わあ、いいわあ」

エリコはぱちぱちと拍手をした。

「どうぞ、持ってみてください。あっ、棹はぎゅっと握らないようにね。横側をはさむようにして」

恐る恐る右手で胴の下を支え、左手で棹を挟むようにして持ってみると、思ったよりもずっしりくる。

「重いです」

「その長唄用の細棹で重かったら、津軽だったら大変よ」

太い棹の津軽三味線は、踏ん張らないと持てない。これを膝《ひざ》の上にのせて弾くなんて信じられない。弾いているうちに足が圧迫されてすぐに痺《しび》れてきそうだ。とても持ち続けていられないので、奥さんに返した。

「本当にお粗末でしたねえ」

暖簾をくぐって藍《あい》の作務衣《さむえ》姿のご主人らしき男性が出てきた。

「もうちょっとさあ、勘所をちゃんとしないと。人様に聞かせられないだろう」

「あら、よく弾けたと思ったんだけど」

「まいっちゃうねえ。あの程度ですまして弾けたっていうんだからねえ」

ご主人は祖母より年上だと思われるのに、語り口も態度もしゃきしゃきしている。三味線が好きなのかと彼に聞かれたエリコは、興味を持ったいきさつを興奮気味に話した。

「若い人がそういってくれるとうれしいねえ。花柳界もずっと下火でしょ。だいたい、カラオケにやられちゃったんだよね、三味線は。お座敷でも三味線より、カラオケを準備しとけっていう話になっちゃったんだからねえ。ひどいもんだよ」

「でも、お父さん、カラオケ好きだよね」

「まあな」

二人ともとても話好きで、次から次へと話題が途切れない。

エリコがへええと感心したり、二人のやりとりに笑っているうちに、あっという間に一時間半が過ぎてしまった。ピアノなどのお稽古とは違い、師匠と弟子の関係が深いので、ご主人は三味線を習いたいのなら、ちゃんとお師匠さんについたほうがいい。見学をしてから決めたほうがいいのではという。

「カルチャースクールっていうの。ああいうのも気軽は気軽だけどね」

「でもあれって、兵隊稽古でしょ」

兵隊稽古というのは、何人かのお弟子さんが並んで、同時に稽古をつけてもらう方法らしい。

「それでもよければ、そっちのほうが気兼ねはないわね。立派なお師匠さんも、そこで教えているみたいだし」

「それだけ三味線が気に入ったんだったら、お稽古をしてみたら。うちでも長唄でも小唄でも、知り合いの師匠を紹介できますよ」

ご主人がそういったとたん、奥さんが、向島のお師匠さんはどうかと小声でたずねると、入院してもう出られないという噂《うわさ》だとか、浅草のあのお姐《ねえ》さんは、二か月前に転んで左腕を骨折したらしいなどと、お師匠さん方もいろいろと大変な様子だった。

こんなに長く話を聞かせてもらったあげく、千円足らずの楽譜一冊を買っただけで、エリコは気が引けたが、二人はまたいつでもどうぞと店の前まで出て、見送ってくれた。エリコは何度もお辞儀をしながら地下鉄の駅に急いだ。

エリコが急いで家に帰ると、シンクには食事を終えたチカの食器が置いてあった。

「ごめんね、遅くなって」

部屋を覗《のぞ》くとチカが珍しく教科書を開いて、机の前に座っている。

「あらー、どうしたの、いったい」

思わず声を上げた。

「うるさいなあ、あっちにいってよ」

「まあー、勉強してる。あらー」

「だから、あっちにいけってばっ」

チカはエリコをにらみつけた。

「はいはい、わかりました」

ゲームばかりやっていて、どうやらお尻《しり》に火がついたらしい。あの子もやるときにはやるのねとほっとしながら、エリコは簡単に食事を済ませ、三味線屋で買ってきた楽譜を、いそいそと取り出した。

「どうぞ叶《かな》へて」と書いてあるページを開くと、「二上《にあが》り」とただし書きがある。隣のページの曲は「本調子」だ。いったい何だろうと楽譜の最初を見ると、「調子の合せ方」のなかに本調子、二上り、三下《さんさが》りとある。ギターのチューニングのようなものらしいが、それ以上はわからない。わからないけれど、胸がわくわくしてくる。早速、小唄《こうた》のCDを聞きながら、楽譜を目で追った。

「そうか。この楽譜がこうなるのか」

この譜面をマスターすれば、「どうぞ叶えて」は弾けるようになるのだ。

「えーと、最初は二の糸は押さえないで、三の糸の⑦を押さえて一緒に弾いて、次は二の糸は押さえないで三の糸の⑥を一緒に弾いて、次も二の糸を押さえないで三の糸の④を一緒に弾いて、二の糸は押さえないで、三の糸の⑥を一緒に弾く……。はあ〜」

これでたった二小節。前奏の頭の部分で、まだ歌までたどりつかない。しかしエリコは、三味線屋の奥さんが目の前で弾いてくれた三味線の音を聞いて、習いたい気持ちが高まってくる。金メッシュにはいつも小言をいわれているが、実はエリコもそれなりに仕事中は緊張の連続なのだ。その緊張をまるでマッサージのようにほぐしてくれる、三味線の音色が耳について離れない。今のエリコには生のこの音が必要なのだった。

ＣＤの続きを聞きながら、ふと気がついたら押入に取り付けようと置いておいた、つっぱりポールを手にして、まるで三味線を弾いているかのように左手を動かし、鼻歌を歌っていた。小、中学生の頃、掃除の時間に箒《ほうき》やモップを手に、ギターを弾いてるつもりになっている男の子たちがいたが、まさにそれと同じだ。苦笑しながらエリコは、

「これが本物の三味線だったらいいのに」

とつっぱりポールを眺めた。

「ああっ、頭が痛い」

チカが顔をしかめて洗面所に行き、何度も顔を洗っている。

「どうしたの？　風邪？」

「やっぱり体に合わないんだよ。勉強したら頭が痛くなっちゃった」

「ゲームのところと使う部分が違うからじゃないの。今までほったらかしにしていた脳細胞がびっくりしたのよ」

エリコが笑いをこらえながらいった言葉には応《こた》えず、チカはため息をついて自分の部屋に入っていった。

「音、うるさい？」

しばらくすると、

「別に」

と不機嫌そうなチカの声が聞こえた。その日はゲームの音は全く聞こえなかった。

エリコの頭は三味線でいっぱいになっていた。小学校低学年のときに習っていたピアノも、面白くなくて一年足らずでやめてしまったし、和楽器に興味があったわけでもない。なのに、突然、目覚めてしまった。こんなに積極的に物事を習いたいと思ったのははじめてだ。しかし思いのままにやりたいことをしていいのかと、エリコは悩んだ。自分には中学生の娘がいる。離婚してケンジがまじめに養育費を払い続けてくれているものの、自分の習い事の分をチカの学費にまわすのが、親としての役目ではないのか。

「習い事をするって、贅沢《ぜいたく》でしょうか」

昼食のときに先輩の女性社員に聞いてみた。

「贅沢じゃないわよ。いいことじゃないの。別に習い事をしたからって、暮らせなくなるわけじゃないんでしょ。どんなときも、自分の楽しみはあったほうがいいわよ。

チカちゃんも自分のために母親がやりたいことを我慢してたって知ったほうが、辛《つら》いんじゃないの。親子なんだから正直にいってみたら」

「はあ、それはそうですね」

ゲームばかりやっているときなら、まだいいやすかったのに、チカがまじめに勉強をするようになったので、いいづらくなってしまったのも事実なのだった。

その夜、チカは久しぶりにゲームをやっていた。エリコはそれに対して文句をいわず、手早く夕食を作って二人でテーブルに向かい合った。

「お母さん、三味線を習おうと思うんだけど。いいかな」

「ふーん、好きにしたら」

チカは関心なさそうに大きな口を開けて、トマトを食べた。

「だって、離婚して家も前より狭くなっちゃったし、チカもこれから上の学校に通うでしょう。いろいろと切りつめなくちゃならないのに、お母さんが習い事なんて、贅沢かなって……」

しばらくチカは黙って、目の前に並んだおかずや御飯を食べていた。そして俯《うつむ》いたまま、

「いいんじゃないの。やれば」

という。

「えっ、いいの？」

「あたしがどうこういう問題じゃないんじゃないの。自分で決めれば」

大人びた口調でいわれ、エリコは思わず小声で、

「ありがとうございます」

といってしまった。チカはエリコの倍の早さで食事を終えると、ゲームの続きをやりはじめた。ところが以前と違うのは、自分なりに区切りをつけているらしく、三十分過ぎたらゲームをやめて、机に向かうようになった。

（本当にどうしたのかしら）

これをそのままチカに対して口に出すと、親子の修羅場になりそうだったので、エリコはこの言葉を胸に収め、イヤホンをラジカセに接続して、これから三味線を習える喜びにひたりながら、小唄のＣＤをずっと聞き続けていた。

翌日、会社の帰り、エリコは三味線屋に行き、どうしても習いたいので、お師匠さんを紹介して欲しいと頼んだ。

「どうします？　何がいいですか。長唄、清元、常磐津《ときわず》、新内《しんない》、小唄、津軽、いろい

ろあるけれど」

奥さんにいわれて、うっと返事に詰まった。どれがどう違うのか全くわからない。

「あのう、『どうぞ叶えて』とか、小唄が弾けるようになりたいんです」

「そう。でも基礎は長唄なんだけどねえ」

「最初から小唄を習うっていう人はいないんですか」

「いえ、いますけどね。長唄は表間《おもてま》と裏間《うらま》……、簡単にいうとリズムがね、取りやすいんですよ。小唄はちょっとそのへんが難しいのよね。もとはお座敷で唄われたものだし、洒落《しゃれ》っ気《け》が多いのよ。でも今の若い人はいろいろな音楽を聞いてるし、リズム感があるから大丈夫だと思うけれど。流派はどうします？　私はよくわかんないんだけど、人によってはあの流派は唄がいい、こっちは三味線がいいとか、いろいろといいますけどね」

「美笹会のお師匠さんはいらっしゃいますか。いちばん最初に拝見したのが、美笹会だったので」

「何人かいらっしゃいますよ。ちょっと待ってね」

奥さんは和綴《わと》じの台帳を出して、住まいか勤め先に近いほうがいいですよねと小声でいいながら、ページをめくった。

「えーと、三人のお師匠さんがいらっしゃるけど。どうしましょうか」

一人は会社から近い都心。一人はエリコが住んでいる沿線の先の都下在住。もう一人は私鉄沿線の住宅地の住所だった。

「このお師匠さんは芸者さんなの。プロだからお稽古《けいこ》は厳しいそうですよ。都下にお住まいの方は、趣味で長い間やっていらして、師範になられた方ですね。それでこちらの方は……」

いいかけると奥の部屋から、

「そのお師匠さんは九十すぎのお母さんの介護で、お稽古をしばらくの間やめるって、今朝、連絡があった」

とご主人の声がした。

「あらそう。みなさんそれなりにお年を召していらっしゃるから、いろいろあるのよ。ごめんなさい、お二人になっちゃったわ」

エリコは二人の住所をじっと眺めた。偶然、入った小唄の会場で見かけた、すっとした粋筋《いきすじ》の女性たちの姿はずっと心の中に残っていた。ふだん全く接する機会がない女性たちでもあるし、彼女たちについて知りたい。

「こちらのお師匠さんを紹介していただけますか」

都心に住んでいるお師匠さんを選んだ。

「えーと、美鶴《みつる》さんのほうね。電話して聞いてみるわ」

えっ、今すぐ？　と驚きながら、エリコは奥さんの隣で、ずっと緊張していた。

「小唄をね、習いたいっていう女性がいらっしゃって。まだお若いですよ。……三十四歳だそうです。ええ、はい、そうなんですよ……」

奥さんはお師匠さんとエリコと交互に確かめながらおおまかな話をした後、

「一度、見学にいらしてからお決めになったらどうですかって、いって下さってるけれど」

とエリコに受話器を渡した。

「もしもし、はじめまして。美笹美鶴と申します」

鈴を転がすような声とはこのことかと、エリコははっとして、頭に血が上ってきた。

「あの、あの、美笹会を拝見しまして、あの、その、小唄の三味線をぜひ習いたくなりまして、ご紹介いただいたカワムラエリコと申します……」

「それはありがとうございます。どちらで、ああ、あの会ででしたか。ともかく一度、見学にいらしたら。それでこんなはずじゃなかったっていう場合もあるでしょうから。火曜日、金曜日、土曜日の十一時から夜八時までお稽古をしていますので、いつでもどうぞ」

「あの、それでは今度の火曜日にうかがいます」

しどろもどろになったけれど、意志は固いという気構えは示したつもりだった。

「わかりました。お稽古のときはドアに鍵《かぎ》はかけていないから、そのまま入っていらしてね」

お師匠さんは丁寧に駅からの道順を教えてくれ、エリコは受話器から聞こえる声に、うっとりと聞き惚《ほ》れてしまった。

「ありがとうございました。素敵な声のお師匠さんですねえ」

「美鶴さんは姿よし芸もよしって評判だったもの。唄も三味線も上手なの。ふつうは得手不得手があるから、いくら芸者さんだっていっても、どちらかに偏《かたよ》るんだけど。あの人は天に二物も三物も与えてもらった人ね」

そんなお師匠さんに教えてもらえるんだと、テンションが最高潮に達したエリコは、

「お稽古三味線をお願いします！」

と胸を張って注文した。つっぱりポールじゃなくて、お稽古用でいいから、ちゃんとした三味線が欲しい。

「お父さん、稽古三味線を買っていただくなんて、久しぶりねえ」

奥さんが声をかけた。

「本当だねえ。新しいお客さんが来てくれてうれしいよ」

夫婦はとても喜んでくれた。エリコはそれ以上にうれしかった。よし、やるぞと気合をいれて、エリコは火曜日が早く来ないかと、指折り数えて待った。

お師匠さんのお宅は、七階建てマンションの最上階の角部屋だった。外見とは違い、ドアを開けると中は純和風になっていた。お香が焚《た》かれ、部屋のドアは取り払われて麻の暖簾《のれん》が下がっている。玄関には草履が一足あり、三味線の音が聞こえている。失礼しますと小声で断り、そーっと暖簾をくぐると、六畳ほどの和室があり、奥に四畳半が見えた。座卓をはさんで手前には緑色の和服姿のふっくらした女性が、背を向けて三味線を弾いている。座卓の向こう側、部屋の上座に座っている、三味線を手にした和服の女性と目があった。彼女は三味線を弾きながら、軽く会釈《えしやく》をしてお稽古を続けた。エリコもあわてて頭を下げ、六畳の隅っこに座って、息をひそめていた。

（あの人がお師匠さんなのね）

体が発光しているかのように、オーラが出ている人をはじめて見た。色白のうりざね顔で、髪形はシニョンで翡翠《ひすい》のかんざしが挿してある。薄い藤色《ふじいろ》の着物に白地の帯で、年齢はそれなりに重ねているようだが、それでもまだまだ美しく、若い頃はどれだけきれいだったのだろうかと思わせるような美貌《びぼう》だった。

（素敵……）

すでにエリコはうっとりしていた。隣の部屋からは、

「チンチ、チレテツ、ンテンチ、テントン、ンテツト、ツーン、トドツントトンチーン……」

と暗号のような言葉が三味線の音と共に延々と聞こえてくる。

「あ、そこ、間《ま》が違う。ツツ、ツンツンじゃなくて、ツンツ、ツンツン。どうしてもひっかかるわねえ。どうしてかしら」

お師匠さんの厳しい声がとんだ。

「すみません」

「必ずそこなのね。変な弾き癖がついちゃったんでしょ。何度も同じことをやらないで」

これが奥さんがいっていた、厳しさなのだとわかったが、教えていただくのだから、それも仕方がないだろう。

十分ほどしてお稽古は終わった。ありがとうございましたと声がして下がってきた緑色の和服の女性も、雰囲気からして芸者さんのようだった。

「お先に失礼いたします」

彼女は丁寧にエリコにもお辞儀をして、部屋を出て行った。

「先日、お電話をいたしました、カワムラです。よろしくお願いいたします」

エリコは控えの間からお辞儀をした。

「ご足労いただいて申し訳ありませんでした。美笹美鶴と申します」

差し出された名刺は、エリコがふだん使っているものの三分の二くらいの大きさの和紙で、角が丸くなっていた。

「あ、私も名刺を……」

あわてて差し出すと、

「まあ、あの結婚式場にお勤め。人様が幸せになるお手伝いができていいわねえ。どうりであなた、お辞儀がとってもきれいだと思ったの。お辞儀ひとつでもね、なかなかちゃんとできないものなのよ」

お師匠さんはうなずきながらエリコを見た。同性ながら﨟長《ろうた》けた美人に見つめられると、どきどきする。このときほど新人研修で上司に罵倒《ばとう》されつつ、お辞儀の特訓を受けたのを感謝したくなったことはなかった。

「いちおう職場はそうなのですが、私は離婚してしまいまして……。あまり大きな声ではいえないのですが」

照れながら告白すると、

「それはしょうがないわ。結婚式場で働いている人のみんながみんな、幸せな結婚をしているとは限らないもの。いやだいやだと我慢しながら結婚生活を続けているより、すっぱり別れたほうが、精神衛生上いいわよ」

外見とは違って、中身はきっぱりしている方のようだ。

エリコは今まで胸に溜《た》めていた小唄《こうた》の三味線への思いをお師匠さんに説明した。

「自分でもどうしてだかわからないんですけど、これしかないって思ってしまって。若い頃は、こういっては何ですが、全く興味がなかったのに」

「そういう方はいらっしゃいますよ。六十歳になってから、お三味線をはじめられた方もいらっしゃいますもの。歳《とし》を重ねると日本のものが恋しくなるのかもしれませんねえ」

来る予定のお弟子さんの都合が悪くなったとのことで、二人は六畳の控えの間のほうで、お茶を飲みながら雑談をした。

「カワムラさんはお三味線を習いたいっておっしゃるけど、お三味線だけを教えるということはできないのよ」

「えっ、だめなんですか。唄の伴奏として譜面を覚えるというわけじゃ……」

急に喉《のど》が詰まってきた。お師匠さんは首を横に振った。長唄でも小唄でも、まず唄を覚えて、そのうえ間も正しくきちんと唄えるようになってから、三味線を習うものであること。唄の雰囲気をきちんと把握しないと、伴奏としての三味線は成り立たないこと。譜面は便宜的にあるけれども、もともとが口伝《くでん》なので、お師匠さん一人一人で微妙に違うこと。基本的に三味線は、目ではなく耳で音をとり、体で覚えるものであることを説明してくれた。

「まずお唄からになるけれど、それでもよろしいかしら」

よろしいかしらといわれても、そうしないと三味線を教えていただけないのだから、はいと返事をするしかない。すぐに教えていただけるわけじゃないのねと、ちょっとがっかりした。

「お三味線は大変よ。我慢できますか」

「そのつもりなのですが、どんなふうに大変なのか想像もつかないので」

「あなたが考えているより、数倍は大変だと思うの。お稽古よりも家に帰ってからのおさらいのほうが、ずっと大切なのね。それができなくて、やめていった方を何人も見てるの。地道な努力をしなくちゃならないから、それができない人は難しいわねえ。

今の若い人は我慢するのは苦手で、すぐにできるものじゃないとだめでしょう」

「そうですね。でも我慢強いほうだと思いますし、やりたいです」

思わず「やりたいです」の声が大きくなって自分でも驚いた。お師匠さんは笑いながら、

「お稽古、厳しいわよ。それでもいらっしゃいますか。それとももう一度、お考えになる？」

いろいろと話を聞いて、ここで、考えるなどといったら女がすたると、エリコは、

「お稽古にうかがいます。よろしくお願いします」

ときっぱりといった。

「いいんですね、本当にいいんですね」

「大丈夫です。決めましたから。お稽古三味線も注文しましたっ」

「わかりました。それではよろしくお願いいたします」

お師匠さんが丁寧に頭を下げた。エリコも深々とお辞儀をした。

これで三味線を弾く第一歩を踏み出したと、エリコは久しぶりに自分の将来に、希望が持てたような気分を味わった。

「チカちゃん、お母さん、三味線を習うことにした。三味線も注文したの」

帰宅したエリコの弾んだ声とは裏腹に、机の前のチカは、

「ふーん」

と気のない返事をして、シャープペンシルでしきりに頭を突っついていた。

待ちに待った三味線が出来上がってきた。三味線屋の奥さんが、必要な小物まで選んでくれていた。店オリジナルの三味線についての小冊子。不思議な形の調子笛。棹《さお》についた手の脂《あぶら》を拭《ふ》き取るためのつや布巾《ぶきん》。三味線の胴掛け。隣の部屋で娘が勉強していると話したからか、消音効果がある、しのび駒《ごま》。伸縮する指掛け。胴の下にある突起にひっかけて、三本の糸を結びつける根緒《ねお》。三味線を弾くときに動かないようにするための膝《ひざ》ゴム。そんな小物たちにもたくさんの色の種類があり、自分の好みで色がコーディネートできるようになっている。三味線の胴を包む胴袋はピンク色、全体をくるむ長袋は胴掛けと同じ柄だ。その胴掛けの柄がピンク地に牡丹《ぼたん》と菊の、七五三の着物のようにかわいい柄なので、

「こんなに派手でいいんでしょうか」

とエリコが躊躇《ちゅうちょ》すると、

「あらー、若いんだから、このぐらいでいいのよ。気になったら替えてあげますよ」

といわれた。このごろ周囲から若いといわれなくなった自覚があったエリコは、ち

ょっとうれしくなって、そのままにした。値段もほんの気持ちとおまけしてくれて、エリコは乙女心と家計を担《にな》う母心を刺激されて、何度も店のご主人と奥さんに礼をいった。

「大変だけどがんばってね」

二人に見送られて、どう家に帰ったかわからないくらいエリコは興奮していた。電車の中で、通勤姿とはあまりなじまない和風の花柄の長袋を見て、何だろうという乗客の視線を感じると、

(今日、出来上がってきた三味線なの)

とみんなにいいふらしたくなった。

いちおう母として、チカの勉強の進捗《しんちょく》状況などをチェックしつつ、夕食作りも後片付けもさっさと済ませて、三味線を取り出した。これでもうつっぱりポールを手にしなくても済むのだ。小唄《こうた》のＣＤをイヤホンで聞きながら、三味線を構えてはいるものの、チカの邪魔にならないように、ただ弾く真似《まね》をするだけだ。頭の中では自分は、有名なお師匠さんと同じ三味線の腕前である。そっと爪弾《つまび》いてみると、店ではちゃんと調子を合わせてくれていたのに、どうも変だ。しかし直したいとは思いながら、どの程度糸巻きを調節したらいいのかがわからない。もしも力をいれて、壊したらどう

しようという恐れのほうが先に立ち、エリコは調子が狂った三味線のまま、ＣＤと同じように弾いている自分を妄想し続けていた。

「お三味線、出来てきたんですってね。いかがでしたか？」

初回のお稽古《けいこ》の日、お師匠さんにたずねられた。稽古場の三味線を使わせてもらうので、ふだんは持ち歩かない。というより三味線を弾く許可さえもらっていないのだ。

「素敵なのですが、まだ全然、調子も合わせられないし、弾けないので、ただ触っているだけです」

「それでいいのよ。唄を覚えないと教えてあげられないけれど、弾けなくても毎日、手にするっていうことが大事なの。まずは唄や三味線に慣れるために、端唄《はうた》ですけれど『お伊勢まいり』を覚えましょうか。ご存じ？」

「何となく聞いた覚えはあります」

唄の文句を紙に書き写し、楽譜がないお稽古にとっては命の綱になる、師匠の唄をＭＤに録音する許可をもらった。師匠は手元の調子笛をぷっと吹いて短く音を出し、糸巻きを少しだけ回して調弦し直した。

「〈お伊勢まい〜り〜に　石部の〜茶屋で　あったとさ　かわ〜い〜長右衛門《ちょうえもん》さんで岩田帯締めたとさ　えっささのえっささのえっささのさ〉。こういうのね」

エリコは師匠の唄い弾きを聞いて、体が震えるような思いがした。たったこれだけの短い唄なのに、色っぽくてかわいらしく、さっぱりしていてそして品がある。

「それではご一緒にどうぞ」

早速、師匠が唄い弾きをしながらの、口伝えのお稽古がはじまった。ひと区切りずつ師匠が唄う節回しを真似しながら、一緒に唄っていく。唄の文句の横に、鉛筆で音の上げ下げや、注意事項を書き込むようにといわれたものの、音の上げ下げがあるのはわかるが、いったいどうやって書いていいやら見当もつかない。

「あったとさ」の部分は台詞《せりふ》だ。音程がないから簡単かというとそうではなく、こちらもどういっていいやら見当もつかずに、

「あったとさあ」

とぶっきらぼうになってしまった。

「ぷっ」

師匠が三味線を弾きながら噴き出した。

「あのう、もうちょっとニュアンスというか、風情《ふぜい》というか。あっさりとしたお唄なんだけど、それじゃ何だか、突然、石を投げたみたいよ」

それから何回、「お伊勢まいり」を繰り返したことだろう。ああ、いつまでたって

も音が取れないとエリコがあせっていると、

「ではお一人で」

と師匠がいうではないか。

「は？」

目を丸くして師匠の顔を見つめると、

「まだ無理？」

とじっと見つめ返された。

「とてもじゃないけど、無理です」

「じゃあどのくらいまで覚えたか、ちょっと唄ってみてくださいな」

かーっと頭に血が上ってきた。師匠と一緒に唄っていると、覚えられたような気になったのに、一人で唄うと細かい部分の音程をほとんど覚えていないのがわかり、自信がないのでだんだん小声になっていく。そして緊張が頂点に達し、「あったとさ」のところを「あったとちゃ」といってしまい、師匠は必死に笑いをこらえていたが、しまいに、

「あははは」

と笑いながら、伴奏の手を止めた。

「すみません」

「いいのよ。あとは細かいところの上げ下げだけね。あと『かわ〜い〜』の間《ま》が違っていたわね」

エリコははーっとため息をついた。あっという間に三十分のお稽古時間は終了した。聞き覚えのある、こんな短い唄でさえ、覚えるのにこの有様だ。

「あのう、みなさん、どのくらいの時間でお唄を覚えられるんでしょうか」

小声でエリコはたずねた。

「人それぞれですけど。このような耳になじみのある短いお唄だったら、唄も三味線もお稽古で一度聞いて覚える人はいるわねえ」

「えっ、一度で」

「一度聞いて二、三回くらいさらったら、お稽古時間の間に覚えますよ。あなたは今日、はじめてなんだから、覚えきれなくて当たり前。上出来、上出来。三味線、毎日、触ってね」

師匠はそう慰めてくれたが、帰りの電車の中で、エリコは情けなさと緊張が合体して、どっと疲れてしまった。楽譜がない唄の稽古がこんなに大変なものだとは、想像もしていなかった。師匠と一緒に唄っているときはそれなりに唄えるのに、五小節前に戻ってといわれたら、もう唄えない。つまり何ひとつといっていいくらい覚えておらず、頭の中にちゃんと入っていないのだ。そのかわりにいつまでも、「あったとちゃ」がぐるぐると頭の中を駆けめぐっている。学校の成績はずっと中の上をキープしていたし、音楽の成績も中高を通してずっと5だった。なのに楽譜がないだけで、こんな短い唄が覚えられないなんて。

「ひどすぎるわ」

エリコは小声でつぶやいた。出るのはため息だけで、あまりに疲れて車内でお稽古を録音したMDを聞く気にもならなかった。

その日、エリコは途中下車し、デパ地下で前から気になっていた、有名パティシエのケーキや、老舗《しにせ》洋食店のお総菜を買って帰った。そうしなくてはいられないほど、気分がめげていた。チカはまだ学校から帰っていない。

「はあぁ〜」

着替える気力もなく、畳の上にダイブするように俯《うつぶ》せになった。しばらくそのまま放心し、次に仰《あお》向けになった。かわいい長袋に入ったマイ三味線は、部屋の隅にじっとたたずんでいる。

「あんたを弾けるようになるのは、いつのことやら」

そんな日は一生来ないような気がしてきた。いったいどうしたらいいかしらと仰向けになったまま考えた。楽譜があれば早く覚えられるかもしれない。しかし同じ曲でもお師匠さんによって違うと聞くし、そうなると自分で師匠が教えてくれたように楽譜を作らなくてはならない。

「うーん」

お稽古で疲れた上、ふだんからは想像できないくらいまじめに考えているうちに、頭が痛くなってきた。チカを待とうと思っていたが、そんな余裕もなく、エリコはケーキの箱を開けて、四個買ったうちの、いちばん濃厚そうなチョコレートケーキを皿にのせた。

「ただいま。あっ」

学校から帰ってきたチカが大声を上げた。

「ごめん。待ちきれなくて」

「一人で食べるなんてずるいよー。だめだよー。ああ、あたしはこのいちごの載ったのがいい。ああ、でもこのマンゴーのもおいしそう」

チカは箱の中をのぞきこんでいる。

「いいから手を洗って着替えてらっしゃい。今、コーヒーを淹《い》れるから」

チカは上機嫌で洗面所で手を洗い、鼻歌を歌いながら着替えてきた。そしてキッチンのテーブルの前に素早く座り、フォークを手に、

「早く、早く、コーヒーちょーだい」

といいはじめた。

ケーキを一口食べたエリコは、すーっと頭痛が薄らいでいくのがわかった。

「うまい」

チカがいい放った。

「うまいじゃなくて、おいしいでしょ。だめよ、そんな言葉ばかり使ってちゃ」

そういいながらも母子二人のおやつ時間は和やかだった。

「今日、国語の小テストがあったけど、結構できたんだ」

チカが自分から勉強のことを話すのはとても珍しい。

「そう、よかったわね。勉強してたもの」

「でも今度の数学がやばいんだ。全然、わからない」

「数学はねえ。お母さんもだめだったわ」

「ケーキ、残しといてよ。晩ご飯の後に食べるから」

小テストが終わってほっとしたのか、チカはテレビゲームをはじめた。「またやっ

てる」と腹が立った時期とは全くエリコの気持ちが違っていた。チカが物事のけじめを覚えてくれただけでもよかったと思った。

夕食後、テレビゲームの音を聞きながら、三味線を取り出した。うれしいけれど手にするのがまだ恐《こわ》い。小冊子に書いてあった糸の掛け方を見ただけで大変そうで、糸を切ってしまったら、自力では取り返しがつかなくなるような気がした。しのび駒をつけて、調子も自分なりに「シミシ」の本調子に合わせ、そっと三本一緒に弾いてみると、調子が微妙に違っていて、気持ちの悪い不協和音になっていた。三の糸が合わないのかと糸巻きを動かすと、今度は二の糸とのバランスが悪くなり、二の糸の糸巻きを動かすと、今度は一の糸とのバランスが悪くなるといった具合で、いつまでたってもいい感じの音色にならない。仕方がないのでエリコは、また小唄のCDを聞きながら、適当に右手だけを動かして、糸をしゃんしゃん鳴らす、妄想状態に入っていった。

次のお稽古日までに、前回よりも少しは上達していなければと、エリコは通勤のときに、録音したMDを聞いた。お稽古場では師匠と一緒に唄えたと思っていたのに、自分のあまりの下手さにびっくりして、

「うえぇっ」

と車内で叫んで周囲の乗客に驚かれたりした。耳しか頼るものがなく、おどおどしながら唄っているのがわかる。微妙に音もずれている。おまけにしっかりと「あったとちゃ」も録音されていて、つり革につかまりながらため息しか出なかった。いけないとは思いながら、仕事場でもちょっと空き時間があると、

(お伊勢まい〜り〜に……)

と頭の中で曲が鳴りはじめる。心の中で、教えてもらった節回しを何度も復唱するのだが、どうも違っているような気がしてきた。へたに、違う節回しを覚えると無駄なので、エリコはぷるぷると頭を横に振って、自己流の「お伊勢まいり」を頭の中から追い出した。

帰りの電車の中でも、何度も何度もMDを再生した。夕食後、録音を聞きながら分析すると、さらっと覚えられる部分と、必ず間違えてしまう部分があるのがわかった。そして問題は「あったとさ」である。師匠に注意されたように、たしかにぶっきらぼうないい方になったり、何の味わいもないいい方になっていたりする。

(言葉ひとつでこんなに悩むなんて)

エリコはまた頭が痛くなってきた。しかもこれは三味線を習うための最初の一歩まででいかない初歩の初歩である。ここでこんなにもたついていたら、三味線を覚えるど

ころか、唄《うた》すらもちゃんと覚えられないではないか。小唄を習うようになってから、甘い物を買う回数が増えたエリコは、チョコレートを一粒口の中にいれて、

「よしっ」

と気合をいれて背筋を伸ばした。

「前のお稽古《けいこ》でいやにならなかった？」

次のお稽古日。笑っている師匠は、遠目には茶色の無地にしか見えないのに、近付くとベージュの小さなキツネがたくさん跳ねている柄の着物だ。袖口《そでぐち》からはうす桃色の襦袢《じゅばん》が見える。

「江戸小紋なんですよ。ずいぶん前に作ったものですけどね」

その姿にうっとりしつつ、エリコは唄を覚える大変さを訴えた。

「今日でお稽古が二回目なのよ。できなくて当たり前」

再びあっさりといわれ、エリコは引き下がった。「お伊勢まいり」を前回と同じように師匠と一緒に唄うと、あっちこっち音程が怪しかったのが、ずいぶん合うようになっていた。

「よく覚えたわね。いいですよ。間もきちんとしているし。ただ『あったとさ』のところがねえ。唄いグセで『さ』のところに力が入るから、石を投げたみたいになっち

やうのね。力を抜いてみたら」

そう注意されて気をつけて唄ったつもりでも、「さ」の音が下がりすぎて陰気になった、今度は上がりすぎて軽々しい感じといわれ、どうやっていいかわからない。

「台詞は慣れないと難しいわねえ。芝居気がある人は上手なのよ。唄のなかに台詞がないと唄いたくないっていう人もいるくらい」

エリコには信じられなかった。今の自分は、学芸会でたったひとことの台詞を受け持った小学生よりも下手な気がしてきた。師匠は励ましてくれるけれども、いったいいつになったらちゃんと唄えるようになることやら。

三十分のお稽古を終えて控えの間に入ると、和服姿の五十すぎと思《おぼ》しき女性が、横に三味線を置いてきちんと正座をして待っていた。そのたたずまいから、明らかに粋《いき》筋《すじ》の人だとわかる。自分の下手くそな唄を彼女に聞かれていたかと思うと、顔に血が上った。

「ああ、照葉《てるは》さん、こちらカワムラさん。先週からお稽古にいらしたの」

エリコはあわてて座り、お辞儀をした。

「若い妹弟子ができるのはうれしいわ。ねえ、お師匠さん」

照葉さんは師匠に声をかけた。

「本当ね。後を継いでくれる若い人がいないと、先細るばかりだもの」

「でも、こんなひどい有様で。短い唄なのに四苦八苦しているんです」

エリコがため息をつくと、照葉さんは、

「短いお唄ほど難しいの。こういっちゃ何だけど、ごまかしがきかないでしょ。でもちゃんと音もとれているから大丈夫よ」

と優しく励ましてくれた。

「ありがとうございます」

エリコは丁寧にお辞儀をしてお稽古場を出た。

唄の節回しを覚えるために、エリコは自分なりにドレミで音を取り、五線譜に書いた。きちんとした付点などは複雑でつけていられないので、音の高さのみである。これだけでも覚えるのに役立った。これを見ながら録音したMDを聞いているととてもわかりやすい。

どうしても楽譜を見なくては覚えられない自分が情けなくはあったが、背に腹は替えられないのであった。

ひと月かかって、やや「あったとさ」に問題は残っているものの、「お伊勢まいり」

の唄が上がった。「お伊勢まいり」のお三味線をやりましょうと師匠にいわれたとき、エリコは座布団《ざぶとん》から自分の体が五センチほど浮いたような気がした。師匠は自分の横に置いてあった三味線を手に取った。

「あなたは五本ね。五本っていうのは、調子の高さのことね。三味線にはピアノみたいに基準になる音がないでしょう。だから合奏するときやお唄の伴奏をするときに、『〇本で』っていうと、お互いの音程が合うの。女性だったら四本から六本。笛の音と一の糸の音を合わせます。調子を合わせるときに、ぷーぷー何度も吹くのはとてもみっともないから、一度吹いてさっと調子を合わせるようにならなくちゃね。指掛けは左手の親指と人差し指にこのようにひっかけて、膝《ひざ》ゴムは右膝に」

師匠が五本に調子を合わせた三味線を手渡してくれた。

「持ち運ぶときには、絶対に棹《さお》を握りしめないように」

捧《ささ》げ持つようにしてエリコは三味線を受け取った。自己流で適当に弾いているまま構えると、師匠がつつつっと背後に歩み寄り、

「二の糸の糸巻きが、耳の高さになるように。譜尺の⑭の勘所があるでしょう。それが体の真ん中。三味線の胴は座った右足の中程くらいに置いて、抱え込まないように少し手前に倒します」

と説明しながら、エリコの構えを直した。

「その感覚を体で覚えてね。三味線は格好のものだから、構えは常に気をつけて」

決して楽な姿勢ではなく、何も弾かずにただ三味線を構えているだけでも、左の二の腕がぷるぷるしてくる。

「調子は合っているかしら」

エリコがおそるおそる一、二、三と糸を爪弾《つまび》くと、さっき師匠がちゃんと合わせてくれたはずなのに、音程が少し変わっている。

「三味線はちゃんと音を合わせたのに、持ったとたんに微妙に調子が狂うのよ」

もちろんエリコは自分で直せないので、師匠にやってもらった。三味線を受け取っても、二の糸巻き、⑭の勘所、胴の位置が気になってなかなか構えられない。目の前で師匠がすっとした姿で、三味線を構えて待っているのを見るとものすごくあせる。

「棹はもう少し上に。胴を抱え込んでいますよ。少し離してね。肩が上がっているから力を抜いて。あら、また棹が下がりましたよ」

エリコの体中から汗が噴き出てきた。

どうも三味線の構えが安定せずに、棹《さお》がふらふらしてしまう。

「上にのせている右腕で、しっかりと胴を固定しなくちゃだめなの。といってもぎゅうぎゅう押しつけるんじゃなく、肩も腕も無駄な力は抜いて。家で鏡を見て、体で覚えてもらわなくちゃ困るんだけど。つまり、こういうことね」

師匠は左手を三味線から離して、膝《ひざ》の上に置いた。胴の上の右腕だけしか触れていないのに、それでも三味線の棹は、まるで一本の芯《しん》が中に入っているかのように、ぴしっと一定の角度を保っている。

「左手のお役目は、勘所を押さえることで、棹を受けることじゃないの」

ごもっともである。とはいえ、そう簡単に体は反応してくれず、棹はいつまでたってもぐらついている。

「慣れますけどね。でもなるべく早く、構えは体で覚えて欲しいわ」

エリコは身を縮めてうなずいた。

「それでは三の糸の④の勘所を、一の指、人差し指で押さえて。三の糸を弾く、チン。

あら？」

譜尺を頼りに三の糸の④を押さえ、右手で糸を爪弾《つまび》いたはずなのに、師匠が弾いた糸よりも一オクターブ低い音が、鳴り響いた。

「あっ、す、すみません」

「それは二の糸。勘所を押さえた糸を弾かないと」

ごもっともである。今度は位置を確認して、おそるおそる爪弾いた。

「これがチン。次はトン。二の糸をどこも押さえないで弾きますよ。はい、トン。あら？」

お稽古場《けいこば》にドーンという一の糸の音が鳴り響いた。エリコは正座したまま、跳び上がりそうになった。

「もう一度、はい、トン。次は三の糸と、④の勘所を押さえた三の糸を、二本一緒に弾きますよ。はい、チャン」

師匠と同じ音程は出たが、指で押さえた三の糸は、ぶちっと途切れて全く響きがない。

「これがチントンチャンね」

「はあ」

言葉では知っていたが、これがそうだといわれると、妙に感動する。

「チントンチャンっていうのは、口三味線《くちじゃみせん》なんですけどね、これでどの糸をどのように弾くかっていうのがわかるのね。たとえば三の糸だと、何も押さえないとテンあるいはテ、スクイ、ハジキっていう弾き方のときには、レンとかレ。さっきのように押さえるとチンとかチ、スクイやハジキのときはリンとかリっていうの。二と三の糸だったら二本一緒に弾くときは、勘所を押さえないとシャン、押さえると、チャンかチャね。お師匠さんのなかには、まず口三味線を全部覚えないと、三味線を弾かせない方もいらっしゃるようだけど、そんなことをしてたら、ねえ、大変でしょ」

三味線を弾くまでに、唄《うた》を覚えるのでさえ、あれだけ体力と頭脳を消耗したのに、そのうえ口三味線までもとなったら、想像するだけで恐ろしい。

「だからうちは、実践あるのみなの。とにかく弾いて弾いて、さらってさらわないと、身に付きませんよ。家でのおさらいが大事よ。がんばって」

「はい」

エリコは神妙な顔でうなずいた。三味線に慣れるために、チントンチャンを何度も何度も繰り返した。そのたびに、「ドーン」だの「ぶちっ」だの、出てはいけない音が、冷や汗とともにたくさん出た。「お伊勢まいり」を習うどころではない。

「ありがとうございました」

お辞儀をしてお稽古場を出たとたん、ばったりと倒れそうになるのを、よろめくように駅まで歩き、電車の中で深いため息をついた。たった二本の糸を弾くだけなのに、どうしてこんなに苦労をするのだろうか。

「はあぁ〜」

先が思いやられるとしか、いいようがなかった。

次のお稽古までの一週間、エリコは毎晩、鏡の前に座り、三味線の構えをチェックしつつ、チントンチャンを練習しようとした。ところが三味線の調子すら合わせることができない。調子笛を吹いて一の糸の音程を決め、本調子に合わせたはずなのに、あっちこっち気にしながら構えて弾いてみると、三の糸の調子が狂っている。するとまた三味線を畳の上に置き、調子を合わせる。どういうわけかちょうどいい位置で糸巻きは止まってくれず、微妙にゆるんだりしまりすぎたりする。ああ、やっと合ったと弾いてみると、今度は二の糸が変だ。するとまたやり直し。そうしているうちに三の糸がまた狂いはじめるといった状態で、とにかく正しい調子で弾くことすらできない。調子を合わせるだけで三十分以上かかり、もう、ぐったりである。

しばしコーヒーを飲んで休憩し、気を取り直して調子を合わせた。が、構えてみる

とやっぱりだめ。しかしエリコは、こんなことをしていたら、いつまでたってもさらえないと、

「いいの、うちの三味線は音痴なの」

つぶやきながら、チントンチャンをさらった。たった三つのアクションなのに、どうしてこんなに大変なのだろう。チンドントーンになったり、チントントーンになったりを何度も繰り返しながら、それでもだんだんチントンチャンに近くなってきた。といっても三味線は音痴のままだ。

「三味線って、一人でいろんなことをしなくちゃいけないのね」

毎日、一時間半、足のしびれと闘いながら、チントンチャンを延々とやり続けた。次のお稽古のとき、師匠と一緒に再びチントンチャンを弾いた。お稽古場の三味線は師匠がちゃんと調子を合わせてくださっているから、音痴じゃないので弾いていても気分がいい。

「よくさらってきましたね。この間と全然違うわ」

たしかに先週よりは多少はましだが、自分では不出来なところばかりが気になる。

「でも、この程度では……」

「間違えるのは当たり前。さらっていて間違えるのと、怠けていて間違えるのくらい、

長く師匠をやっていればすぐにわかりますよ。陰で努力している人はちゃんとわかるの。あなたはきちんとさらってきて偉いわ。なかにはお稽古場に来れば、自然と弾けるようになると勘違いしている人もいるのよ。それで上達しないからやめますなんて、そんなふうにいわれてもねえ」

師匠に褒めてもらって、足のしびれや自分の情けなさと闘った、この一週間が報われたような気がした。

「それでは『お伊勢まいり』ね」

師匠は唄の文句ではなく、口三味線をとなえながら最初から最後まで弾いて見せてくれた。もちろん洩《も》らさず録音である。

「チンチーン　チテント　ツンテンチーン　チンチーン　チンチーンテーン　チンチンチーン　チリチレツーン　ツンツトツーン。今日はここまでにしておきましょう。聞いてどういうことがわかりますか」

「え、え、あの、三の糸をたくさん弾くような……」

「そう。よくわかりましたね。それではまず④の勘所を押さえてチン、次は①の勘所を押さえてチーン。チテントのチは①、放してテ、ンは二の糸の④は弾かないで、ただ勘所を押さえて放す、二の糸を放してト。ツンは二の糸の④、三の糸を放してテン、

①の勘所でチーン」
チントンチャンでも頭を抱えたのに、こんなに何度も二本の糸の間を往復しなくちゃならないなんて、どうしようとあせりながら、糸を弾く右手の位置、勘所を押さえる左手の位置を気にしつつ、師匠の後について弾いていると、

「はい、棹が下がってる。胴を抱え込まないで」

と注意を受けた。つい弾いている手元を確認しようとして、姿勢が前屈《まえかが》みになり、棹に貼《は》ってある譜尺見たさに、棹も前に出してしまう。

(ああっ、たくさん気をつけなくちゃならないことがあるのに、何ひとつできないっ)

「ほら、肩と腕に力が入ってますよ。もっと楽に」

楽にといわれてもと思いつつ、汗だくになってお稽古の時間は終わった。

「構えをうるさくいうのは、最初に癖がつくと後になって直すのは難しいからなの。いちいちうるさいと思うかもしれないけど、これだけは気をつけて。特に小唄の三味線は、格好よく弾かないとだめなのよ」

師匠は何度も繰り返した。

「一度に考えなくちゃならないことが多すぎて……」

「大人になるとまず頭で考えるからねえ。考えているうちはまだだめよ。その点、子供は早いわね。頭よりも体の感覚で覚えちゃうからでしょうね」

エリコは、子供のときから三味線を習っていればと、とても後悔した。

三味線のお稽古については、エリコが報告する前に、母と祖母にはチカが知らせていた。母は八十歳を越えた祖母の体を気遣って、時間があれば祖母の家を訪れるようになっていた。

「チカちゃんがね、『お母さんが毎晩、三味線と格闘してる』っていってたわよ」

母の携帯の話し声に重なって、祖母の笑い声が聞こえる。「格闘」という表現がまさにその通りだったので、エリコは笑ってしまった。

「こんなに大変だとは思わなかったのよ」

「これからずっと楽しめる、いい趣味ができたじゃないの」

「それはそうなんだけど」

祖母が電話を替わった。

「エリコちゃん、三味線を弾く人は呆《ぼ》けないっていうわよ」

「へえ、そうなの。『どうぞ叶《かな》えて』が弾けるようにがんばるからね」

「ああ、『どうぞ叶えて』ね。懐《なつ》かしいわねえ。お稽古をして、聞かせてちょうだい。

あれだったら私も唄えるから」

祖母は今は元気だけれども、いつ何時、何が起こるかわからない。声を聞いたとたん、彼女が生きている間に、どうしても「どうぞ叶えて」を聞かせてあげたいという気持ちがむくむくとわき起こってきた。

「おばあちゃんのためにも、がんばろう」

録音させてもらったとおりに、脳みそを絞り上げながら譜面を書き上げたら、あとはただひたすらさらうのみだ。祖母と電話で話した日は、寝る前にパジャマ姿のままで、布団《ふとん》の上に正座して、おさらいをした。

おさらいといっても、左手の指を動かすたびに勘所を確認して押さえ、右手で糸を爪弾くと、運がよければ正しい音がでるといった有様で、さらうたびに上達しているわけではない。おまけに上から下に糸を爪弾くのも運まかせなのに、人差し指で勘所を押さえながら、同じ左手の薬指で押さえた糸をはじく、ハジキという技法が出てきて、エリコはそこでいつもひっかかった。最初は指が凝り固まって、薬指が自由に動かせない。やっと動くようになったかと思うと、はじいた瞬間に押さえていた人差し指を放してしまう。

「しっかり押さえて。どうして放すの」

師匠の厳しい声がとぶ。緊張するとますます指が動かなくなり、お稽古が終わるとため息しか出てこない。

「三味線は三本の糸で情景を表現しなくてはいけないから、いろいろな技法があるんですよ。スクイ、ハジキ、ウチ指、スリ指。よくさらってちゃんと弾けるようになってね」

エリコの前にはいくつもの高い壁が立ちはだかっていた。

会社に行っても、頭の中は三味線でいっぱいだった。ふと気がつくとエア三味線の構えになり、頭のなかでは節がぐるぐるとまわっている。もしかしたら口三味線をぶつぶつととなえていたかもしれない。そんなときに誰かに声をかけられると、びくっとして現実に戻り、失礼のないように丁寧に笑いかける術《すべ》を身につけた。

(私も図々《ずうずう》しくなったものだわ)

金メッシュの登場にびくびくしていた昔が夢のようだった。

「お母さん、同じところばっかし練習してるね」

夕食のとき、チカにいわれた。

「うまくできないのよ。どうしても」

「ふーん。ゲームでもさ、そういうとこってあるんだよ。でも何回もやっているうちに、クリアできるようになるんだよ」

「ふーん。何面クリアとかいってる、あれね」

ゲームと一緒くたにするなんてと思いつつ、とにかく何度も何度も、やり直さなくてはならないのは間違いない。どうしてこの人差し指は、ハジキのときに糸を放してしまうんだと自分の指ながら呆《あき》れ果て、自分の体の一部なのに意のままにならない腹立たしさが、チョコレートの量を増やす原因になった。当然、体重も増える。三味線は上達しないわ、太るわではいいことなど何もない。

しゃんとしろと自分を叱咤《しった》しながら、三味線と格闘しているうちに、音色はまだまだだが、いちおうハジキの格好になってきた。

「できるようになったわね」

師匠に褒められるとうれしい。それでも家では微妙に音痴な三味線を弾いているし、すぐ棹《さお》の位置がぶれてしまう。うれしさと不安の間で、いつもエリコの気持ちは揺れ動いたが、三味線をやめようとは考えず、それどころかその奥深さにどんどんのめりこんでいくのが、自分でも不思議だった。

単純にいえば、初期投資が嵩《かさ》んでしまったので、すぐやめてしまうのはもったいないという、ケチな考えが頭をかすめたのも事実だが、それよりも大げさにいってしまえば、自分のこれからの人生に、この三味線の音が必要になってしまったからだった。それもCDや舞台で聞くのではなく、自分がいちばん身近にその音を感じていたかった。エリコがはじめて見つけた打ち込めるものが、三味線だったのだ。

すったもんだの格闘の成果か、やっと「お伊勢まいり」の三味線が上がった。簡単だとは思わなかったが、短い唄《うた》なのにこんなに苦労するなんて予想外だった。

「ああ、やっと終わり……」

つい師匠の前でつぶやくと、

「はい、それでは唄い弾きを」

といわれた。

「はっ？」

「唄い弾き。唄いながら弾けるようにならないと、身についたとはいえないでしょ」

（ええーっ？）

じっと顔を見つめると、師匠はすましている。

「あの、唄い弾きっていうのは、つまり、唄いながら弾くということですか」

「そうですよ。唄も覚えて、三味線も弾けるようになったでしょ。そのふたつを合わせるだけよ」

家でさらうときには唄は唄、三味線は三味線で、別々にやっていて、合体させたことなどなかった。師匠がいうとおり、唄い弾きができてはじめて、曲が身についたといえるだろうが、果たしてできるかどうか不安がこみ上げてくる。

「どうぞ」

師匠は三味線を傍らに置き、両手を膝《ひざ》の上にのせた。エリコはつばをごくりと飲み込み、三味線を弾きはじめた。唄に入るまでの前弾きは三味線だけなので問題はない。ところが唄がはじまったとたん、唄に神経がいくと三味線の間《ま》が乱れ、三味線に神経がいくと唄がぐちゃぐちゃといった、ひどい状態になった。

「はい、ちょっとやめましょう」

さすがに途中で師匠が声をかけた。

「すみません」

エリコは肩を落とした。

「このお唄は、唄の節と三味線が同じ音を取っているところが多いから、唄い弾きがしやすいんだけど。まだ三味線を体で覚えてないのね。次のお稽古《けいこ》までにさらってきて」

あまりにあっさりといわれて、

「わかりました」

と返事をしたものの、そんなに簡単なことが私にはできないのかと、めげた。

この短い唄一曲に、どれだけ時間をかけてきたことか。思えば二か月は経《た》っている。

その結果がこれだ。エリコは黙々と、唄と三味線がへんてこになりながらも、時間が許す限り毎日、少しでも弾けるようになろうと、さらい続けた。

翌週、ちょっとあぶなっかしいところはあったが、何とか唄い弾きができた。

「やってみたらどうってことはないでしょ」

師匠はできて当然という表情だ。

「はあ」

エリコは、はあはあと肩で息をしていた。

「どうしたの？」

「フルマラソンを走った気分です」

「あら、まあ、ほっほっほ」

鈴を鳴らすような声で師匠は笑った。いつの間にか控えの間にいた、照葉さんにも笑われた。

「体で覚えていればできるのよ。最初だから大変だったと思うけど、よく我慢してやり続けたわね」

エリコがうれしさに浸っているのにもかまわず師匠は、

「さ、次ね」

と早速、唄を選びはじめた。

「『虫の音を』がいいわ。小唄って、芝居がかったもの、洒脱《しゃだつ》なもの、色っぽいものっていろいろあるんだけど、あなたはしっとりとした雰囲気のものがいいんじゃないかしら」

すべて師匠におまかせである。唄の文句を紙に写させてもらい、それを目の前に置いた。

〈虫の音を　とめて嬉《うれ》しき庭づたい　あくる柴折戸《しおりど》　桐《きり》一葉　ええ憎らしい秋の空月はしょんぼり　雲がくれ〉

師匠は軽く一礼して、三味線を構えて唄いはじめた。軽妙な「お伊勢まいり」とは違い、しっとりとした趣のある唄だ。しかし目をこらして師匠の三味線の手つきを見ていたら、こちらは相当に手強《てごわ》そうだった。

「舞台にかけるときはね、三味線一本だけだと淋《さび》しいから、替手《かえで》っていう伴奏の三味線を一本つけるの。つまり合奏ね。本手《ほんて》の三味線は本調子なんだけど、替手の三味線は三下りで、弾く節も全然、違うのよ。こういうのも楽しいわね」

「へええ」

どこまでいっても知らないことだらけだ。師匠と一緒に二度、三度と唄うと、

「いいわ。こういう雰囲気のお唄にぴったり」

そういわれると、ますますやる気になってくる。「お伊勢まいり」よりも長いけれど、唄の文句や三味線の音が、すっと頭のなかに入ってくる感じがする。苦手な台詞《せりふ》がないのもうれしい。

「慣れてきたみたい。前は最初っから最後まで緊張した顔だったけれど、今はいい具合に力が抜けているわ。芸事っていうのは何でもそうでしょうけど、必死にやっているのが見えたらだめよ。それは裏に隠して、人様の前では、さらりとやってみせるのが芸なのよ」

軽妙な「お伊勢まいり」を、必死の形相で緊張しまくって唄い弾きするようじゃ、だめなのだ。

お稽古が終わり、合間に師匠がトイレに立ったとき、照葉さんがエリコにささやいた。

「師匠、あなたに期待しているわ。他の素人《しろうと》さんと教え方が違うもの。がんばって」

「はい。ありがとうございます」

エリコは姉弟子の照葉さんにも丁寧にお辞儀をして、稽古場を出た。

照葉さんに、

「師匠、あなたに期待しているわ」

といわれても、他のお弟子さんに比べると多少、年齢が若いからだろうと、さほど気にもとめていなかった。ただ師匠の期待とは裏腹に、思うように小唄《こうた》が進歩しないのがもどかしい。二曲目から師匠は厳しくなり、唄のときも、

「音が滅《め》っているわよ。糸の上に声をのせる気持ちで唄わないと」

とたびたびチェックが入る。相向かいで座っているときには合っていると思っても、その声を離れて聞くと微妙にずれているのがわかるという。「糸の上に声をのせる」のも覚えなくてはならない。

「爪弾《つまび》きはね、爪《つめ》で弾くといっても本当に爪で弾くんじゃないのよ。糸は爪で押さえて、肉で弾くの。あなたは肉で押さえて爪で弾いているわね」

師匠は爪の先を糸に直角に当てて押さえている。右手を見せてもらうと、人差し指の中指側の先が硬くなっていた。

「指先の肉で弾くのよ。人それぞれ指や爪の形が違うから、ここで弾くって教えるわけにはいかないから、ご自分で研究していい音が出るように、何度もさらってね」

エリコはとにかく勘所に指を動かさなくてはとあせり、ついやりやすいものだから、指先の腹の部分で糸を押さえていた。当然、糸と接する部分が広くなり、糸の震動を妨げてしまう。それを何とか響かせようと、右手の人差し指の爪でぴんぴんと弾いてしまうので、気持ちのいい音が出ない。

「爪で押さえて肉で弾くのを叩《たた》き込まないとね。これも癖がつくと直せないから。勘所を押さえている指が寝ているのは絶対にだめよ。押さえるときは常に糸に対して直角よ。そうじゃないと、ハジくときもやりにくいでしょう」

「はあ、たしかに」

構えですら、お稽古《けいこ》のたびに注意を受けているのに、糸の押さえ方、弾き方にも気をつけて、もちろんちゃんと曲も弾かなくてはならない。どれだけのことを、瞬時にやらなくてはならないのだろうか。爪で押さえるのは、練習すれば何とかなりそうな気はするが、肉で弾くのはどうしたらいいのか。指先よりも爪のほうが出っ張っているのに、この部分を使わないで指先の肉を使うとなると、どうしたらいいのだろうか。お稽古帰りの電車のなかで、エリコは右手の人差し指をじっと見ながら、首をかしげた。

駅の改札を出て、階段を降りると、制服姿のチカと出くわした。

「どうしたの」

声をかけると、チカは一瞬、驚いた顔をしたが、

「ああ、今日はお稽古か」

と小声でつぶやいた。

「本屋。参考書と問題集を買いに」

「えっ、本当？　本当なの？」

チカが買う本といったら、ゲームの攻略本とファッション雑誌くらいのものなので、エリコは自分の耳を疑った。

「だってさあ、受験のことも考えなくちゃならないし。今度、親子面談があるんだってさ」

チカは歩きながら、鞄《かばん》からプリントを出して手渡した。

「受験。そうだよねえ、受験があったねえ。どうしよう」

肉で弾くよりも重要な問題を忘れていた。

「どうしようっていってもさ、入れるとこしか入れないよ」

チカは淡々としている。

「それはそうだけど。やっぱりチカちゃんが行きたいところがいいと思うんだけど。もし大学に行きたいんだったら、私立の付属のほうがいいかしらって……」

「でも、うち、お金ないでしょ」

「お金……、お金はないけど、チカちゃんが行きたい学校には、お母さんは行かせてあげるわよ。私立の医大とか音大は……無理だけど……」

母としての気構えを必死になって話すと、チカは、

「よかったねえ。娘が頭がよくなくて。本のお金、あとでちょうだい」

「自分の子供が頭がよくないからって、喜ぶ親なんかいないわよ」

早足ですたすた歩いていくチカの背中に向かって、エリコはいい放った。エリコは、チカが勉強をするようになってほっとして、三味線に夢中になりすぎていた自分を反省した。

チカと一緒の面談の日、担任の若い男性教師は、エリコの顔を見るなり、

「カワムラさんは、がんばってますよ」

といった。

「成績がどんどん上がってきています。最初は特に理数系の授業についていくのが大

変だったようなんですが。努力家ですね。今では成績は常にクラスの上位三分の一以内には入っていますよ」

「はあぁ」

あっけにとられていると、チカが、

「お母さんは今、私の成績に関心がないんだよ。勉強しろともいわないし。テストの点も見ようとしないし」

と口を挟んできた。

「そ、そんなことはないわよ。だってあなた、自分からテストの点数を見せたこともないでしょ。学期末の成績表は見ているけど」

エリコはあせって、しどろもどろになった。

「お母さんは関心がないわけじゃないよ。黙って見てくれているんだから」

教師が助け船を出してくれた。

「先日、カワムラさんと話したところでは、公立の普通科志望ということでしたが、お母さんもそれでよろしいですか」

「えっ、そうなんですか。そんな話は娘ともしたことがなくて、まだ先の話だと思っていたので。公立に入ってくれるのなら、本当に助かります」

「まだ入れるって決まったわけじゃないよ」

チカが口を挟んだ。

「それはそうだけど」

完全に主導権はチカに握られていた。

「成績をずっとキープできれば、何か問題が起きない限り、このランクの高校は大丈夫でしょう」

先生は高校のリストと成績を照らし合わせて、合格の可能性のある公立高校を教えてくれた。今の状態で入学の可能性がある学校が存在するだけでも、エリコはほっとして、

「ありがとうございます」

と何度も頭を下げた。

「だから、まだ受かるかどうか、わからないんだってば」

チカはちょっと怒っていた。大まかな希望を話して面談は終わった。

「チカちゃん、がんばったんだね。成績を上げるって大変なんだよね。お母さん、今まで気がついてあげられなくて、褒めてあげられなくてごめんね」

帰り道、エリコがつぶやくとチカは、

「別に」

とそっけなくいった後、

「ケーキ食べたい。買って」

と命令口調になって、先導するかのようにケーキ店に入っていった。

エリコはそれからチカに関心を持つように心がけた。といっても年頃が年頃なので、干渉しすぎるとトラブルになる。掃除のついでに何となく机の周辺を、目でチェックするくらいである。先生の言葉を裏付けるかのように、参考書や問題集がずらっと並んでいる。あの、ゲームばかりやっていた子がと思うと、親として何ともいえない気持ちになってきた。ふと足元を見ると、ベッドの下からチカの字が並んだ原稿用紙がのぞいている。手に取ると赤ペンで五重丸が描いてあり、何気なく冒頭に目をやった。

「母は三味線の練習ばかりしている。とても下手くそだ。毎日、何度も同じところを繰り返して練習しているが、ちっとも上手にならない。」

「ひゃー」

頭に血が上った。中学生の頃、みんなの前で作文を読む授業があった。こんな内容をクラス全員の前で読まれたかと思うと、もう学校には行けない。日常生活のどこに落とし穴があるかわからないわと思いながら、エリコは原稿用紙をベッドの下に戻したものの、いつまでも「下手くそ」の文字が、目の奥に残っていた。

それからエリコは、おさらいのときにはより音が出ないように注意するようになった。しのび駒《ごま》をつけたうえに、そっと糸を爪弾くので、ほとんど音がしない。これだったら隣の部屋で勉強しているチカにも聞こえにくいはずだが、自分にもよく聞こえなくなるのが困った。最初は気をつけてはいるものの、ふと気がつくと爪で糸を弾いている。おさらいのときに、爪と肉の、音の違いを聞き分けるようにといわれても、この状態では判断できない。仕方なく左手の爪で糸を押さえるのに集中しようとしても、次の音まで間《ま》があれば、いわれた通り糸に対して直角に押さえられるが、手が込んでくるとすぐに指が伸びて、糸を肉で押さえてしまう。

「だめだ……」

やっと一曲、唄い弾きができるようになったとほっとしたのに、基本的には何もできていない。それに今、教えていただいている「虫の音を」は、「お伊勢まいり」のような短くてあっさりとしたものと違い、小唄らしい風情《ふぜい》のあるしっとりとした曲なので、自分の未熟さがあからさまになる。唄の文句は美笹会が作成した私家版の唄本から書き写すのだが、そこには譜面は載っていない。「どうぞ叶《かな》えて」と同じ楽譜集に「虫の音を」も載っているが、「お伊勢まいり」は楽譜が四段しかないのに、こっちは十段もある。そのうえ様々な技法があり、西洋音楽風にいえば、付点がついた音符が数多くあり、勘所も①から⑭までまんべんなく出てきて、複雑でとても手強《てごわ》いのだ。三の糸の④から①に移動するのも、ちゃんとできていたのに、曲が変わったとたんにできなくなった。

「なぜ……」

エリコは三味線を置いて、深くため息をついた。しばらく右手の人差し指を見つめていたが、引き出しの中から爪切りを出して、深爪ぎりぎりのところでぱちんと切った。そこに爪がなければ爪で弾くことはなくなる。十本の指を眺めると、ちょっとバランスが悪くはなったが、いちいち見とがめる人はいないだろう。再びエリコは三味線を構えて、最初から最後まで弾き通せる「お伊勢まいり」を弾いてみた。右手は指の肉と糸が擦《こす》れ合って、何だかかさかさと音がするし、勘所を押さえる左手の指は、癖になっているのか、どうしても伸びてしまう。おまけにまだ完璧《かんぺき》に調子を合わせられないので、うちの三味線はちょっと音痴だ。全く先が見えないまま、エリコは来週のお稽古のために、「虫の音を」のおさらいを続けた。

爪を切った話など全くしないのに、師匠は、

「爪で弾いた音がしなくなったわね」

といった。どうもかさついた擦れた音がするのだとエリコがいうと、

「指先が荒れてるのかしら。糸と肉がうまく当たる角度がまだわからないのかもしれないわね。これから冬になると奥さま方は手が荒れるでしょ。ハンドクリームをつけるとね、糸は絹でできてるから、油がつくと音が悪くなって具合が悪いのよ」

師匠は、家事は通いのお手伝いさんにまかせている。

「包丁で怪我《けが》をして、絆創膏《ばんそうこう》を貼《は》った指で三味線なんか弾けないし、第一、そういう姿を見せること自体、芸者として失格ですからね。でもあなたはそういうわけにはいかないんだから、クリームをつけたらよく手に擦り込んで、油っ気が浮かなくなってから三味線を触ってね」

たしかに絹糸に油が付くと、しみこんで具合が悪そうだ。そうなったら糸を交換すればいいのだろうが、いまだに恐《こわ》くて糸を替えたことがない。まだまだやらなくてはいけない基本が山のようにある。「下手くそ」にびびってなるべく音を出さないようにしたせいか、妙にしょぼくれた雰囲気になってしまった。

「その弾き方だと、弾いてるんだか弾いてないんだか、わかんないわよ。下手なのは

当たり前なんだから、音くらい元気に出して。胴で音を響かせるようにしないとね。しのび駒を使っているんだったら、もうちょっと思い切って弾けるでしょ」

師匠に注意されたエリコは、はいと返事をするのが精一杯だった。

二曲目でエリコの三味線は壁に当たった。一曲目は何もわからず、ああ、弾けた、よかったで済んでいたが、いろいろな技法や右手左手の指の使い方などを教えてもらうたびに、それが気になって、おさらいがちっとも前に進まない。前に進まないどころか、以前、できたことができなくなっているのだから、二歩進んでも三歩下がっているような気分になる。こんな有様だから、せっかくさらっていっても、師匠の前ではきちんと弾けず、ひと月以上経《た》っても、足踏み状態だ。同じ勘所の移動なのに、それがちゃんとできなくなったと師匠に訴えたが、

「そうね。曲の前後の手の動きや間が違うからね」

といわれておしまい。以前、できたところでつっかえると、師匠が困った表情を見せるようにもなった。やはりさらうしかないのだろうが、かといって「下手くそ」な音を隣室から出してチカの勉強の邪魔をするのは憚《はばか》られる。お稽古《けいこ》を休もうかとも考えるようになった。

夕食後、三味線のおさらいはやめて、師匠の演奏を録音したMDをイヤホンで聴き

ながら、弾けた気になるエア三味線をやっていると、開けていた戸の隙間《すきま》から、チカがひょっこりと顔をのぞかせた。

「なに？」

イヤホンを耳から抜くと、チカは、はあーっと安心したように息を吐いた。

「びっくりしたあ。ぶっ倒れてるんじゃないかと思った。音が聞こえないんだもん。三味線を持ったまま突然死とかさ」

「やあねえ、そんなことあるわけないじゃない。一生懸命チカが勉強してるから、邪魔になるんじゃないかと思っただけ。試験が終わるまで、お稽古もお休みしようかなって考えてるの」

チカはしばらく黙っていたが、

「そんなことしないで」

と不愉快そうにいった。

「ばかでっかい音をたててるわけでもないし。だいたいここは消防車が出たり入ったりして、サイレンの音が聞こえるんだからさ。それに、お稽古を休んだのに成績が悪い、なんていわれるのもいやだし」

早口でいい放ってチカは部屋に戻った。

「そうですか」

エリコはつぶやいて三味線を取り出し、いつまでたってもうまく弾けない部分を、左右の指の形に気をつけつつ、小さくかさかさと音をたてながらさらった。

すでに虫の音が聞こえなくなった冬になっても、エリコの「虫の音を」は上がらない。和のお稽古ごとは何でもそうだろうが、季節感を大切にするのに、季節を無視した自分の手の遅さに、エリコはがっくりしていた。チカには、

「まだ同じのをやってんの？　ずいぶん長い曲だねえ」

と呆《あき》れられる。曲が上がるよりもチカが高校に入学するほうが早いのではと、心配になるくらいだった。

控えの間で照葉さんと一緒にお稽古の順番を待っているとき、このごろずっと、おさらいをしても進歩がないと相談した。

「譜面は進まないのかもしれないけど、音が違ってきたわよ。基本をきちんと覚えるって大変なのよ。でもちゃんと身につけておくと、後が楽よ。素人《しろうと》さんが構え方や弾き方はちゃんとできてないのに、曲だけは数を覚えたとするでしょ。でも結局はそれだけ。構えも音もしっかりしていれば、たとえ二曲や三曲でも自信を持って人前で弾ける。どんなに曲を覚えてたって、見苦しかったり聞き苦しかったら、人前に出ても

ちょっとねえ。どうせ習うのだったら、人様から見て素敵っていわれたいでしょ。今が第一の壁でいちばん辛《つら》いときよ。少しずつでもできているんだから、あせらないでがんばって」

優しい言葉に涙が出そうになった。そして続けて小声で、

「師匠はね、ちょっと弾けるようになると、とたんに褒めなくなるからね。それでお弟子さんが何人もやめてるの」

と教えてくれた。

「照葉さんくらいになれば、壁なんかないんでしょうね」

「とんでもない。たくさんありますよ。私は三十数年この仕事をしてるけど。芸事はね、終わりがないの。死ぬまで修業、勉強よ」

照葉さんに励ましてもらって、あせらないようにがんばろうと、少し気が楽になった。

春になってやっと「虫の音を」の三味線が上がり、唄《うた》い弾きの課題のみ残していた頃、二年生になったチカの担任との保護者面談で、幸い、成績は公立校の普通科にひっかかる範囲をキープしているといわれた。

「塾には通っていないのですね」

五十代の女性教師は、愛想のない生真面目《きまじめ》なタイプで、淡々とエリコにたずねた。

「志望校についてはよく相談なさってください。公立の他に私立も受験されますよね」

「私はそのほうがいいと思っているんです。心配なので」

「これまでも間違いないと思っていたお子さんが、当日、高熱を出したり、お腹《なか》をこわしたりして、受験できないことが何度もありました。今のお子さんはメンタル面がどうしても弱いのでね」

彼女はチカの性格や成績を考え、校風が合いそうな滑り止め候補の私立校のリストを前もって用意してくれていた。無愛想でも親切な先生だと、エリコはちょっと見直した。

「チカちゃん、これからでも塾に通う？」

夕食を食べながらたずねると、チカは黙って首を横に振った。

「私立も受けないといけないでしょ。大丈夫かしら、学校の勉強だけで」

「塾は行かない。公立の試験は学校で習った基本ができていれば大丈夫なんだって」

「でも私立のほうは……」

話の途中でチカは席を立ち、部屋に入ってしまった。

「とにかく親子ともども、基本が大事というわけね」

エリコはそうつぶやいて、目の前の皿を片付けはじめた。

エリコは青息吐息で「虫の音を」の唄《うた》い弾きに合格し、それから本調子の唄を続けて三曲あがった。季節にふさわしい小唄を選んでもらっても、覚えるのに手間取って季節はずれになってしまうと師匠に話したこともあったが、ひとつの壁を越えたから、これからはスムーズにいくはずといわれた。その通り、唄や三味線の節まわしが、するすると何の抵抗もなく頭に入ってくるようになった。これまでは、耳の穴から入ってくる音に対して、脳みそが、これ、何だ！　これはいったい何なのだあ！　と絶叫している感じだったのに、今では面白いように覚えられる。最近では長い唄でなければ、ひと月に一、二曲のペースであがるようになった。もちろん家での必死のおさらいは必須《ひっす》だ。

「譜尺のついたお稽古《けいこ》三味線は、もうやめましょう。今日からはこちらで」

師匠は傍らに置いてある二棹《さお》の三味線のうち、譜尺がついていないほうを取り上げ、調子を合わせて手渡してくれた。

「譜尺がないと弾けなくなるんじゃ……」

「それはないわ。やればできるのにやらないだけよ。あなたは弾いたときに、ちょっと音が違うと、棹を見ないで指で音を探るでしょ。そういう人は大丈夫。いつまでも勘所を押さえる指を見ながら弾く人は、取るのも遅くなるわね」

すると突然、背後の控えの間から、

「おれなんか、譜尺を貼《は》り付けて四十年ってところだな、わっはっは」

と男性の大きな笑い声が聞こえてきたので、エリコはびっくりして振り返った。

「あら、タケダさん。もうよろしいの？」

師匠が声をかけると、そのタケダさんといわれた小柄で小太りの男性が、襖《ふすま》の陰から這《は》って姿を現した。

「いや、どうもご無沙汰《ぶさた》しちゃいまして。やっと娑婆《しゃば》に出られるようになりました。こちら、新しいお弟子さん？」

エリコは名前を名乗って、兄弟子にお辞儀をした。

「ちょっと腹を切って入院してまして。やっとまたお仲間にいれていただけるようになりました」

経営していた会社を十年前に息子さんに譲り、八十歳で悠々自適の生活だという。

「最初は小唄だけだったんだけどね。三味線もやってみようかなって気楽に考えたら、これが大変なんだなあ。ほとんど意地になって続けてるんだけどさ、譜尺はとれねえし、頭も悪いもんだから、ひどいもんですよ。わっはっは。あっ、失礼。どうぞお稽古を続けてください」

彼は一方的に話して、ずずっと後退《あとずさ》って姿を隠した。

「そうねえ、次は季節は関係ないけど『梅一輪』にしましょうか」

お稽古の当初は師匠の唄本を写させてもらっていたが、いつまでも甘えていてはいけないと、単行本よりずっと値の張る、美笹会の私家版の唄本も購入した。会の大きなお師匠さん方が作った小唄だけではなく、有名な小唄も掲載されている分厚いものだ。

「最初に『梅一輪』って文句があるでしょ。そこは『うめ〜』じゃなくて、『んめ〜』って唄うのよ。文字の通りじゃないの」

たとえば高い音は出そうとして力むのではなく、力を抜くと出やすくなるし、聞いていても心地いいのだそうだ。師匠の、三味線を構えて、左手でくるくると糸巻きを動かして、手早く調子を合わせる姿が格好いい。その姿にみとれつつ、エリコは、わかりましたとうなずいた。

三十分のお稽古を終え、控えの間に戻ると、タケダさんは鞄《かばん》から唄本やカセットテ

ープを取り出しながら、

「ずいぶん難しい曲をやるんだねえ」

と話しかけてきた。

「すべて師匠におまかせなんですけれど」

「そうなの。ところであなた、お辞儀の姿がとてもよかったけど、いったいどこで……」

「ほら、お稽古する時間がなくなりますよ」

師匠の声がとんだ。話好きらしいタケダさんは、

「じゃ、またね」

と左手を軽く挙げて、お稽古場に入っていった。

お稽古場で譜尺がついた三味線を使わないのに、家で使うのはどうしたものかと、エリコはマイ三味線を前に考えた。棹にはぺったりと譜尺がついている。本当ならば一年後にはすっぱり譜尺を剝《は》がしたかったのだが、あまりに三味線を覚えるのが大変で、ずるずると先延ばしになってしまったのだ。今日がステップアップの日なのかもしれない。エリコは今までどれだけ頼りにしたかわからない、シール式の譜尺をえいっと剝がした。譜尺はいとも簡単に、まるで剝がされるのが前提だったかのように、

糊《のり》の跡を少しも残さず、きれいに剝がれた。

「ありがとうございました」

エリコは譜尺をごみ箱の中に落として、手を合わせた。試しに「虫の音を」を弾いてみたら、あぶなっかしいところもあったが、思ったよりはちゃんと弾けた。三味線を本調子に合わせるのも、自分なりに何とかできるようになったし、多少、もたもたはするものの、切れた糸の交換もできるようになった。やればできるかもと、はじめて充実感がわいてきた。

エリコのレパートリーは、本調子の小唄だけだが、どんどん増えていった。それでも問題はある。譜尺なしの三味線でも、お稽古場では師匠が本調子に合わせてくれていたのに、あるときから、

「ご自分でどうぞ」

と糸がゆるんだままの三味線を渡されるようになった。調子笛を何度も吹くと、不格好だと注意されるので、すぐに音程を聞き取って調子を合わせなくてはならない。師匠は三味線を構えたまま、じっと待っている。やっと合ったと、汗だくになって一、二、三と糸を弾《はじ》くと、

「三の糸、毛ほど上げて」

と師匠は姿勢を正したまま静かにいう。糸巻きをほんの少し締めて弾くと、上がりすぎといわれ、あわててゆるめると、下がりすぎといわれる。そんな細かい音程まで、エリコはまだ聞き取れない。ほんの一ミリ、二ミリと糸巻きを動かして、やっとOKが出るのだが、しばらく弾いていると微妙に調子が狂ってしまう。師匠のほうがずっと年上なのに、生まれつきの耳の出来が違うのではと思ったり、三味線特有のモスキート音みたいなものがあって、それが師匠には聞こえるのかと首をかしげたりもした。

「ぴたっと調子が合うとね、音の響きが違うの。それが聞き取れるようになるとねえ」

「すみません」

自分のできないことを悩みはじめると、きりがないので、できることを優先的に考えるようにした。そうすれば少しでも前向きになれるからだった。

塾には通わないと宣言したチカも三年生になり、夏休み後に受験校を絞る面談が行われた。担任は二年生のときと同じ、女性教師である。チカの成績はずっと定位置をキープしているらしい。チカは、たくさん受験するのは面倒くさいから、公立校だけ受けるというのを、教師とエリコが説得して、私立校を二校、受験させるようにした。

「どこでもいいから、受かるといいわねえ」

娘の受験を考えて不安になってきたエリコがつぶやくと、チカは、

「どこかにはひっかかるでしょ」

とのんびりしたものだ。

「シノハラくんってすっごい成績がよくて、将来、東大に行くんじゃないかっていわれてるんだけどさ。肝心なテストのときに限って、必ず下痢ピーになるんだよね。ああいうのって困るね。やっぱり男の子は腹が弱いね」

などと偉そうにしている。チカもお腹《なか》をこわすかもしれないよと、エリコはいいそうになったが、こんなに太っ腹だったら大丈夫かもと思い直した。

チカの受験について母に連絡すると、最近、祖母の体調が思わしくないといわれた。病気ではないが、夏場の疲れが後をひいていて、日中、横になっている時間も多くなったという。

「八十過ぎだから、あっちこっちが悪くなるのも当たり前なんだけどねえ」

母がため息をつくのを聞いて、エリコは祖母との約束を、早急に果たさなければという思いに駆られた。

次のお稽古日、ちょうど習っていた唄があがったところだったので、エリコは、

「あのう、『どうぞ叶《かな》えて』を教えていただけないでしょうか」

と頼んでみた。

「わかりました。これまでは耳や手をならすために、本調子のお唄ばかりを選んでいたからね」

いつものように糸をゆるめた三味線を渡された。

『どうぞ叶えて』は調子が二上りよ。基本の本調子はちゃんと合わせられるかしら」

やはり三の糸については「毛ほど上げて」といわれてしまったが、「どうぞ叶えて」を教えていただけるようになった。

「聞き覚えのあるお唄だったら、すぐに覚えちゃうわね」

本調子がシミシの音程とすると、二上りは文字通り二の糸の調子が上がって、シ、ファの#、シの音程になる。つまり二上りの二の糸の開放弦と本調子の二の糸の②の勘所を押さえた音が同じになる。

「今回は一緒にお三味線もやりましょう」

唄はともかく三味線が問題だった。音がとれるようになったのはいいけれど、本調子と二上りの二の糸では、耳で聞いて同じ音でも押さえる勘所が違うので、つい本調子の勘所に指が動いて、違う音を出してしまう。そのたびに、

「二上りよ」

と師匠に注意される。せっかく譜尺を取ったのに、エリコの指は棹の上をうろうろするばかりだ。

「とにかく頭じゃなくて体で覚えて。二上りも何曲か弾くうちに慣れるから。一曲百回よ。この他に三下りもあるんだから、がんばって」

久しぶりにぐったりした。脳みそが再び、覚えたのと違うんですけどーっ、と絶叫しているような気がしてきた。師匠に、体で覚えるようにといわれ、自分でもそうしてきたつもりだったのに、実はそうではなかった証拠だ。

「本調子はすべて忘れて、とにかく手の動きだけを覚えよう」

エリコは「本調子は知らない、本調子は知らない」とぶつぶついいながら、頭の中から払い落とそうとした。

季節柄、秋口は結婚式場が忙しく、お稽古もひと月に二度通えればいいような状態になり、新たな二上りという壁であたふたしているうちに、チカの受験まで三か月という状況になってきた。模試の結果では、受験する三つの高校すべて、合格圏内には入っているものの、実際に合格するまでエリコは安心できなかった。

「なるようにしかならないよ」

当のチカは落ち着いたものだ。

「それはそうだけど」

エリコが小声になると、

「お母さんも、三味線、がんばりなよ」

と逆に励まされてしまった。

(ほんと、「どうぞ叶えて」っていいたいことばっかりだわ)

エリコは寝る前に何度も三味線をさらった。そしてチカの私立校の合格発表の前日、師匠からは「どうぞ叶えて」の唄《うた》い弾きは合格といわれた。いいことがあるかもしれないと、ちょっと期待した。

チカの最初の合格発表の日が来た。仕事をしても落ち着かなかったが、昼休みにそっと携帯のメールを見ると、担任からの合格メールと、チカからの「受かったぜい」という留守電が入っていた。思わず「受かった……」とつぶやくと、それを耳にした同僚たちが、一緒になって喜んでくれた。金メッシュまで、

「よかったわねっ、おめでとうっ」

と両手で力強く、エリコの手をぎゅぎゅっと握ってくれた。

「ありがとうございます〜」

今まで張りつめていた体の力が抜けていった。一校でも決まれば、あとは何があっても親としてはひと安心だ。もう一校の私立は、試験後にチカが「やっちまったよ」といっていたが合格し、第一希望の公立校にも見事に合格した。

「えっへっへ」

チカは胸を張った。受験した高校すべてに合格したと知った母と祖母は、何かお祝いをしなくちゃと、はしゃいでいた。

「お父さんには、チカから連絡しておきなさいよ」

エリコは久しくケンジのことなど忘れていた。忘れようと努力していたのではなく、離婚をしてからは、チカと仕事と小唄で頭の容量がいっぱいで、彼が存在する場所がなかったのである。

「もう連絡したよ」

「そうだったの。何ていってた」

「すげえなあって。誰に似たんだろうって」

「ふーん」

「元気そうだったよ。朝から晩まで働いてるっていってたけどね。お金がなくなるとね、おねえちゃんたちって、すごい勢いでいなくなるんだってさ」

チカはくくっと笑った。

「そんなことまでいってたの。しょうがないわねえ」

呆《あき》れてため息をついた後、落ち着いて考えると、チカの養育費を毎月支払うのは、大変なのかもしれない。一度も滞っていないのは、それなりにがんばっているのだと思う。でもそれは父親としての責任なんだからと、エリコは背筋を伸ばした。

壁だった二上りも、必死でさらっているうちにできるようになり、同じ二上りの短い小唄、「凍る夜」「羽織着せ掛け」なども教えていただき、指がやっと慣れてきた気がする。

「次は三下りね。『三下りもの』っていってね、調子が三下りのものには、小唄らしい粋《いき》な雰囲気の曲が多いのよ」

三下りはシミラの音程になり、本調子では三の糸の開放弦がシだったが、今度は②の勘所がシの音になる。師匠が選んだのは、「意気な鴉《からす》」だった。

〈意気な鴉は　夜明にゃ鳴かぬ　野暮なからすが　めちゃに鳴く　ちょいとちょいとちょいと飛んで来る〉

しっとり系とは正反対の、小粋なさらっとした唄だ。

「これからはずっと、三味線も同時進行でいきますからね」

師匠からそういい渡され、エリコは持てる能力をフル稼働《かどう》させるものだから、お稽《けい》古《こ》が終わると、脱力してぼーっとしてしまった。控えの間には照葉さんが座っていて、声をかけてくれた。

「いいわよ。とってもよくなった」

「いつもあせってばかりなんです」

「そんなことないわ。聞くたびにとても上達してるもの。あなたよく師匠の稽古についていってるわね。とっても質《たち》がいいわ」

芸者さんにそういわれてとてもうれしくなり、エリコはさっきまでとうって変わって、一気に力が漲《みなぎ》ってきて、一人でにんまりしながら家に帰った。

チカの高校入学を控えた三月、エリコは以前、食事をした和食店の個室を予約し、女系家族四人でのお祝いの席を設けた。エリコはマイ三味線持参である。他の部屋に音が漏れない所をと頼んでおいたので、店のいちばん奥の奥の部屋になっていた。

「いくら何でも、こんな離れ小島みたいな所にしなくても」

母親は苦笑した。

「まだまだ勉強中だから。ただ『どうぞ叶えて』があがったから。おばあちゃんに聞いてもらおうと思って」

体調が戻った祖母は、うなずきながらにこにこしている。生まれてはじめて三味線を間近に見た母は、

「へえ、こういうふうになってるの」

と興味津々《しんしん》で眺め、料理を運んでくれる仲居さんたちも口々に、

「あら、お三味線ですね」

というので、

「はあ……、どうも」

とエリコは気恥ずかしくなってきた。お楽しみはあとで、という話になって、四人はああだこうだと話をしたり笑ったりしながら、懐石料理を楽しんだ。

チカの進学する公立校には制服がないと知った母と祖母は、プレゼントに紺色のブレザーと緑色系のチェックのスカートを縫ってくれていた。チカにとってはひいおばあちゃんのミエコちゃんが布地を選び、おばあちゃんが縫ってくれたものといっても、二人とも洋裁を仕事にしていたので、きちんとしつつも今風のデザインを取り入れているのは、さすがだった。

「わあ、すごい。ありがとう。世界に一つしかないんだね。大事にするからね」

もっとクールな受け答えをするかと思ったら、チカは想像以上に大喜びしていた。

また祖母が、

「あれこれ物入りだから、これもね」

と、お祝いと書いてあるご祝儀袋《しゅうぎぶくろ》を取り出すと、

「わあい」

と両手を何度も挙げて、喜びは最高潮に達していた。

「それでは、ささやかな御礼ということで、こちらからは小唄をひとつ」

エリコが小声でいいながら、三味線の調子を合わせていると、チカが、

「御礼になるのかねえ。大丈夫？」

とにやっと笑う。

「そんなこといわないでよ。お稽古以外、人前で弾くのははじめてなんだから」

「それではこちらも、心して聞かないと」

母と祖母は掘り炬燵《ごたつ》式の座椅子《ざいす》に座り直した。身内の前だというのに、エリコの心臓は高鳴ってきた。三味線を構えるとすでに合わせたはずの調子が狂っている。片手で三の糸の糸巻きを締め、お辞儀をして唄いはじめた。

「ど〜お〜〜ぞ〜、か〜な〜え〜て、くだ〜さんせ……」

祖母がエリコのほうを見て、笑いながら一緒に唄っている。いつの間に覚えたのか、チカの声もする。母もうれしそうにじっと眺めている。一瞬、声がつまりそうになったが、それをこらえて最後まで唄った。

「珍しく、大変よくできました」

チカが手を叩《たた》いた。

「よくそこまで弾けるようになったわねえ」

母は感心し、祖母は、

「懐《なつ》かしいねえ。いいお唄を聞かせてもらって。ありがとうね。本当にありがとう」

と何度も頭を下げてくれた。

「お粗末様でした」

エリコは涙をこらえて席に戻り、ふうっと小さく息を吐いた。

もろもろの心配事から解放されて、エリコは以前にも増して小唄《こうた》の稽古《けいこ》に力をいれるようになった。師匠も調子の違いに早く慣れさせようと、本調子、二上り、三下りと取り混ぜて、選曲するようになった。調子が違う小唄に変わった最初のお稽古は、棹《さお》の上の指は勘所を探して、余計な動きをしてしまう。それを見た師匠には、

「最初はしょうがないけれど、曲の勘所は早く体で覚えないとね」

と注意される。家に戻ってまだ慣れない二上り、三下りを中心にさらっていると、それなりに弾けるのだが、いざ師匠の前に出ると、緊張してあたふたしてしまう。失敗すると弾きながら、「あ」とか「う」とか、思わず声が出て、師匠が苦笑することが何度もあった。

「どうして三味線には、調子なんていうものがあるのかしら」

エリコは誰が考えたか知らないけれど、調子というものを導入した人を、ちょっぴり恨んだりもした。

そんな母を尻目《しりめ》に、チカは気楽な春休みをのんびりと過ごしていた。通学に着てい

く服がいると、あれこれ買わされたので、入学式にエリコが着るのは、チカの中学校の卒業式に着たのと同じ、ベージュのスーツだ。中のブラウスを替えれば雰囲気が変わるし、誰も自分の着ている服には興味など持たないだろう。今のエリコは、自分のものに関しては、三味線関係に必要なもの以外は、洋服にも靴にもバッグにも目がいかなかった。

チカの高校の入学式も無事終わり、エリコは自分も頑張らねばと、三味線をさらう時間を増やした。さすがにおさらいは嘘《うそ》をつかず、やればやった分だけ手がスムーズに動くようになり、お稽古でも基本の三種類の調子の曲がいくつかあがり、違いにも慣れてすぐに対応できるようになった。

「七月の終わりにね、浴衣《ゆかた》ざらいをやりますから。友だちの『美笹会』のお師匠さんたちもいらっしゃるのよ。年末には忘年会を兼ねたおさらい会もやるから、必ず出てね」

師匠に突然、いい渡された。

「浴衣ざらいって……場所は……」

「大げさなものじゃなくて、近所のお料理屋さんの座敷でやるんですよ。みなさん浴衣でいらっしゃるから、もしお手持ちがなかったら、私のでよかったらお貸しするけど」

「いえ、大丈夫です。何かあると思います」

師匠が気遣ってくれたのがわかり、エリコは何のあてもないのに、あわててそういってしまった。

「会のときは、舞台慣れするための捨て番っていうのと、本番のふたつをやるのね。唄はお好きなのでいいんだけど、三味線は『虫の音を』がいいと思うの。替手《かえで》は照葉さんで、私が唄うから」

「えーっ」

エリコはのけぞった。師匠と照葉さんのようなプロと一緒に演奏するなんて、とてもじゃないけど無理だと、必死にご辞退申し上げた。

「場慣れしている達者な人じゃないと、何かあったときに対処できなくなるのよ」

いくら稽古をしたといっても、その場で何が起こるかわからない。そのときにうまくフォローできるような人が、周りをかためないとだめという話だった。それもそうだとエリコは納得した。

「忘年会に弾く曲は、浴衣ざらいが終わってから決めましょう」

エリコは緊張した。へろへろになりながら、「虫の音を」の唄い弾きはあがったが、替手と合わせて弾いてはいない。年末にも会があるとなると、そこでは同じ曲は弾けないだろう。おまけに浴衣と着物を調達しなければならなくなった。チカの高校入学ではほっとしたのも束《つか》の間《ま》、やらなければならないことが、一気に増えた。

浴衣と着物があるかと母親にたずねると、

「うちは洋服専門だったから。エリコが小学生のときに着た浴衣しかないわよ。私も着物って持ってないし」

という。そういえば母親が着物を着たのを見た覚えはない。それよりも自分で仕立てた流行の服を着ているのが自慢だったのだ。会社でレンタル担当の先輩に聞くと、

「浴衣はないけど、着物は探しておくわ。社員割引で一式レンタルしてあげる。礼装が主だから、小唄の会に合うものは数は少ないけど、どこかにあったような気がする」

といってくれた。

次のお稽古のとき、照葉さんに浴衣の相談をした。高い物を買う必要はない。帯は半幅ではなくて名古屋帯。小物もそれに準じて揃《そろ》え、浴衣でも足袋を履くので、足袋も必要と親切に教えてくれた。エリコはそれらを手帳にメモして、お稽古場の近くにある呉服店に行ってみた。

小唄の浴衣ざらいに着ると話すと、品のいい着物姿の女性店主はうなずいて、棚から反物をささっと数本抜いて、エリコの前に広げた。はじめてなので、どれが似合うのか、全く見当がつかない。

「お客様はお優しい雰囲気だけど、それだけだとぼけてしまいますね。ちょっと粋《いき》な雰囲気がおありだし」

そんなことなどいわれた経験がないので、エリコはびっくりした。店主が選んでくれたのは、白地に藍《あい》で沢瀉《おもだか》を大胆に描いた図柄だった。名古屋帯は博多帯で白地に臙《えん》脂《じ》の献上柄だという。鏡の前で合わせてもらうと、ふだんの自分とは違う自分がいて、それがまたとても似合っている。

「決めますっ」

きっぱりといいきったエリコに、店主は必要な肌着や小物類、初心者には履きやすい、草履型の桐下駄《きりげた》も選んでくれた。エリコは次々に目の前に並べられる、帯揚げ、帯締め、腰紐《こしひも》などの和装の小物を見ているうちに、テンションがあがってきて、店内に展示してある反物に次々に目がいって困った。今日は浴衣を買いに来たのだと自粛し、寸法を測ってもらって、浴衣ざらいに着る物に関しては一件落着した。

いちばんの問題は、浴衣ではなく唄と三味線である。唄は最近習った「夕立のあまり」にした。唄の場合は失敗したとしても、自分が恥をかくだけだが、三味線はそうはいかない。照葉さんにも師匠にも迷惑がかかる。身内はともかく、人前で弾くのはとても恥ずかしい。今だって師匠と二人だけでのお稽古ならいいけれど、控えの間に誰かがいる雰囲気を察したとたん、冷や汗がにじみ出てくる始末なのだ。

いくらエリコがため息をついても、浴衣ざらいの日は近付いてくる。師匠にこれからのお稽古は、浴衣ざらいにやるものに集中したいと申し出たので、毎週さらうのは「夕立のあまり」と「虫の音を」だけである。

「最初の『夕立の〜』のところは、『ゆ』の前に小さな『い』をつけて『ぃゆうだち』って発音するっていいませんでしたっけ」

師匠に注意されたのに忘れていた部分も多々ある。

「すみません……」

エリコは身を縮めた。音が減《め》るところを何か所か指摘され、ふだんのお稽古に比べて細かいチェックが入って、より厳しい。

三味線のほうは、時間を合わせて照葉さんが来てくれるようになり、それがまた申し訳なかった。いちばん最初に照葉さんの替手と合わせたとき、最初のテントンシャーンが終わって旋律がはじまったとたんに、エリコの頭の中は真っ白になり、手が止まって動かなくなった。師匠も照葉さんも、驚いた顔でエリコを見ている。ふだんのお稽古では、師匠が弾くのを真似《まね》て同じ節を弾く。しかしはじめて替手と合わせたとき、自分が弾くべき主旋律である本手《ほんて》の手は十分にわかっているはずなのに、すぐ横から全く違う節が聞こえてきたら、そちらに神経がいってしまって、弾けるはずの節がすっとんでしまったのだった。

「すみません……。替手の音を聞いたとたんに、わけがわからなくなってしまって……」

「それだったら、ちょっと音を小さめに弾きましょうか」

照葉さんが気を遣ってくれたけれども、師匠は、

「体で覚えてないから、おたおたするの。あなたが本手なんだから、しっかりしないと」

と首を横に振った。

「申し訳ありません。もう一度、お願いいたします」

師匠と照葉さんに詫《わ》びて、あらためて弾き直した。照葉さんの三味線の音と、自分の三味線の音が全く違う。艶《つや》があり伸びのある音と、ただ弾いているだけの音と。あまりに貧乏くさい自分の音にがっかりしながら、いちおう最後まで弾いた。

「会のときは舞台用のお三味線を貸してあげますよ。そうだ、今、出してあげましょう」

師匠はすっと立ち上がって、桐の三味線箱から一本を取り出してエリコに手渡した。

「それは古いものだけど、音がよく響くように、中に金が張ってあるのよ」

お稽古三味線よりも、ずっしりと重みがある。調子を合わせながら糸を弾《はじ》くと、さっきまで手にしていた三味線とは音の響きが全く違っていた。ところが音がよく響いて繊細な分、微妙な勘所の甘さもそのまんま拾い出すので、エリコは落ち込んでしまった。舞台用の三味線はピンポイントで勘所を押さえないと、不安定な音しか出ないのだ。あと二か月とちょっとで、ちゃんと弾けるのだろうか。会なんかなきゃいいのにと、エリコはため息をついた。

お稽古のたびに照葉さんと弾いているうちに、替手が入る状況にも慣れ、気持ちも落ち着いてきた。会を控えた最終のお稽古日、

「万が一、止まったりつっかえたりしたら、すぐに照葉さんが本手を弾きますからね。落ち着いたら続きを弾けばいいから。あわてなくていいのよ」

と師匠はアドバイスをしてくれた。

「大丈夫よ。ちゃんとできるわよ」

照葉さんも励ましてくれたが、気分は重かった。

会の当日は有休をとり、自分で髪の毛を結い、朝からチカに手伝ってもらって、仕立て上がった浴衣の着付けにとりかかった。着付けの本を見ながらシミュレーションを何度か繰り返したので、こちらはスムーズにいった。この時点ですでに汗だくである。

「結構、いい女になったじゃない」

娘にそういわれても、これから自分がやらかしそうな出来事を想像すると、うれしい気分にはなれなかった。師匠の三味線をお借りするので、昼前にお稽古場に寄って、二人分の三味線を持ち、それから会場に行くつもりで家を出た。

「あら、素敵。あなた着物がよく似合うわねえ。とってもいいわよ」

藍地に白で、大きく竹の柄が走っている意匠の浴衣を着た師匠に褒めてもらって、ほんの少し、固まっていた気持ちがほぐれてきた。三味線二棹を両手に提げて歩くのはとても重く、会場の料理屋まで徒歩五分という距離だったのは助かった。座敷に並べられた座卓のところに、すでに十人ほどのお弟子さんが集まっていて、みなさんとてもリラックスしている様子だ。歳《とし》はエリコの母親かそれ以上の方々ばかりで、そのうち男性は七人。話好きのタケダさんも参加している。座敷の隅には照葉さんと、「美笹会」の粋筋とおぼしきお姐《ねえ》さん方が数人いたが、エリコよりも年下に見える芸者さんが一人いた。何人かは三味線を手に、それぞれの演目をさらっている。

師匠が上座に座ると、お弟子さんたちは次々に、

「本日はよろしくお願いいたします」

と挨拶《あいさつ》をする。ほとんどのお弟子さんと初対面のエリコは、全員が揃った時点で、紹介してもらった。

「よろしくお願いいたします」

と座布団《ざぶとん》をはずしてお辞儀をすると、

「平均年齢が若くなったわねえ」

「美人が増えてうれしいね」

と声がとんだ。エリコは気恥ずかしさで身を縮めていた。いちばん下《した》っ端《ぱ》としては、いつまでもちんまりと末席の座布団に座っているわけにはいかないだろうと、お茶を淹《い》れる準備をしていると、

「はい、一番、カワムラエリコさん。『夕立のあまり』です」

と進行係の兄弟子の声がした。びっくりして振り返ると、すでに師匠は屏風《びょうぶ》の前に

敷かれた座布団の上で三味線を構え、

「ほら、あなた、一番よ」

と手招きをしている。あわてて唄《うた》の文句を書いた紙を持ち、浴衣の下の脚がもつれて転びそうになりながら、師匠の脇《わき》に座った。深呼吸をしてお辞儀をして顔をあげた。みんなの顔がこちらを向いている。そのとたん、かーっと頭に血がのぼり、顔面が熱くほてってきた。師匠の三味線がはじまり、唄いはじめると、今度は喉《のど》がからっからになってきた。声は上ずるし思うように出ない。どうしようとあせっているうちに、あっという間に終わってしまった。

「はじめて間もないのに立派ねえ。あたしたちと違って、質《たち》がいいんだわね」

兄弟子、姉弟子はみなさん拍手をして褒めてくださった。

(何て優しい人たちなの)

エリコは感激した。

「はい、よくできました」

師匠は笑っていた。思い通りに唄えなかったエリコは、腰を低くしてこそこそっと末席に戻り、お茶係に徹しようとした。

「よかったわよ。お上手ね」

「初めてなんでしょう。あなた筋がいいわ」

お姐さん方も声をかけてくれる。

女性から見ても、色っぽくて素敵な芸者さんたちから褒められて、エリコはだんだんうれしくなってきた。しかし本番を控えている身としては、のんびりしてもいられないのだ。

お稽古《けいこ》をはじめて何十年というキャリアの兄弟子、姉弟子は、純粋にその場を楽しんでいた。突拍子もない音からはじまって、本人だけが気がつかず、場が大爆笑になった方もいれば、途中で唄の文句がわからなくなって、

「何でしたっけ」

と隣で三味線を弾いている師匠に聞く人もいたり、エリコが想像していたよりも、のんびりしていた。しかしお姐さん方が登場すると、そんな雰囲気はなく、一瞬にして空気が緊張した。

「芸者さんたちは、私たちみたいに、ああ、やっちゃったじゃすまないからね」

小唄を習って五十年という、姉弟子のイトウさんが、のど飴《あめ》を口の中にいれたまま小声でいった。お姐さん方の唄や三味線は素晴らしかったが、それを見る師匠の目はとても鋭く、エリコが上手だな、いいなと思っても、厳しい顔をしているときがある。

なかでいちばん若い小菊《こぎく》さんも、堂々とした唄いっぷりだったが、あとで師匠が何事か話していて、彼女は神妙な顔で聞いていた。

捨て番が終わると十五分の休みが入る。みなさんにお茶をと、エリコがあたふたしていると、

「お手伝いします」

と声がした。振り返ると小菊さんが、浴衣《ゆかた》の袂《たもと》を帯にはさみ、すっとしたたたずまいで座っている。白地に藍色で秋草が描かれた浴衣に、鮮やかな緑色の帯を締めている。

「よろしいんですか」

エリコがたずねると、彼女はこっくりとうなずいた。

「お一人じゃ大変ですもの。私はあちらのほうを担当します」

兄弟子たちが集まっている座卓のところで、茶碗《ちゃわん》を取り替えたり、台ふきで座卓を拭《ふ》いたり、飴やら茶菓子の包み紙を捨てたりと、こまめに手伝ってくれた。

「小菊さんは、本番はお三味線ですか」

「いいえ、私はお唄なんです。三味線は苦手なんです。太鼓は得意なんですけれど」

芸者さんは太鼓もやるのかと驚いていると、三味線ではなくて、笛や小鼓《こつづみ》のお稽古

をする人もいるという。

「芸者っていうと三味線ですけどね。私は才能がなかったです」

いったいいくつなのか、どうして芸者さんになったのかと、詳しく知りたくなったが、花柳界の女性にあれこれたずねるのは野暮なのだろうとぐっとこらえた。

本番のいちばん最初もエリコだ。捨て番で一度経験したはずなのに、さっきよりもずっとどきどきしてきた。全身が心臓の鼓動にあわせてふくれたり、しぼんだりしているかのようだ。

「照葉さんの替手が入るの。それはすごい」

「始められたばかりなのに、ご立派ねえ」

そんな声が耳に入ってくると余計に緊張してきて、

（お茶を飲んだりお菓子を食べたり、世間話でもしててください）

そう願いながら、座布団の上に座り、三味線の調子を見て、覚悟を決めて頭を下げた。

照葉さんのヨッという小さなかけ声で、曲がはじまった。弾いているうちに、勘所を押さえている左手の指も、糸を弾く右手の指も、わなわなと震えてきた。汗ばんできてスムーズに左手も動かない。

（ひゃあ、どうしよう、どうしよう）

とにかく音をはずさないように、間《ま》をちゃんと守るようにとそれだけを気をつけて、自分にとっては、ものすごく長い小唄を弾き終えた。結局、師匠の唄も、照葉さんの替手も、何ひとつ耳に入っていなかった。とにかく自分のやるべきことのみに集中したといった有様だった。

「わあ」

声と共に大きな拍手が起こった。

「素晴らしいわねえ」

「よかったよ。とってもよかった」

兄弟子、姉弟子が口々に褒めてくれる。照れながら横を見ると、師匠と照葉さんが、にっこり笑ってうなずいている。とにかく終わったという事実だけがうれしかった。

末席に戻ってもまだ、みな口々に、

「本当に筋がいいわ。本当に素敵」

「これから先が楽しみだ」

といって下さる。

「本当に、どうも、ありがとうございます」

エリコは御礼をいって、ただひたすら頭を下げ続けた。

タケダさんは、

「アイヤお立合……」

と口上からはじまる小唄を唄った。台詞《せりふ》がある小唄を、嫌味にならずにさらっと上手に唄う姉弟子もいる。人それぞれに得手不得手があって面白いなあと、周囲のお茶の減り具合に目配りをしつつ、みなさんが披露する小唄を、興味津々《しんしん》で聞いていた。最後に師匠の三味線で、いちばん年長と思われる蝶子《ちょうこ》姐さんが「上汐《あげしお》」を唄うと、一同大喝采《だいかっさい》だった。この唄は途中に物売りの台詞が入った、川開きの様子を唄ったもので、〈向こうはち巻 片肌ぬいで きおいを競う江戸っ子が……〉という文句の通り、粋《いき》でいなせな唄で、それを唄う蝶子姐さんも三味線を弾く師匠も、とってもかっこよかった。祖母や母親くらいの年齢の女性に対して、あんなにかっこいいと思ったことはなかった。

生まれて初めて、何人もの芸者さんの唄や三味線を見聞きして、エリコは素直に感激して胸がいっぱいになった。兄弟子、姉弟子のように、みんなで楽しく褒め合って、老後のお楽しみにするのも、恵まれた幸せな生活だとは感じたけれど、歳をとって自分があのように、のんびりとゆとりのある生活の一部として、小唄を続けているイメージは全くわかなかった。それよりも、もっと厳しく芸事を習いたくなったのだ。

(私もあのようになりたい)

エリコは妙に興奮してきた。

唄の披露が終わり、懐石料理の夕食がはじまったので、エリコがお酌をして回ろうとすると、師匠が、

「いいのよ、みなさんそれぞれになさるから。あなたもゆっくりお食べなさい」

と声をかけてくれた。するとそこに小菊さんがお銚子《ちょうし》とウーロン茶を持ってきた。

「どちらになさいます?」

ちょっとのぼせたまま、恐縮してお茶をついでもらうと、

「カワムラさん、お三味線、とってもよかったですよ。まだはじめられて間もないのに、あんなに弾ける人なんていないないです」

といってくれた。

「私も好きなので、ずっとお稽古したいと思っているんですけれど」

「お姐さん方も褒めてましたよ。やめないでくださいね。約束ですよ」

芸者さんにそういわれて、エリコはますますぽーっとなった。午後七時前にはお開

きになったが、帰りの電車の中でも、エリコは夢見心地のまま、おみやげの煎餅《せんべい》が入った紙袋を握りしめていた。

はじめて浴衣《ゆかた》ざらいに参加した後、エリコは美笹会の発表会を聞いたときよりも、興奮していた。唄《うた》も三味線も、マイクを通して耳にするより、お座敷で聞いたほうがもっと雰囲気があって素晴らしい。そして何よりも目の奥に焼き付いているのが、参加していた芸者さんたちの姿だった。生まれてはじめて、彼女たちと同じ場所にいて、同じ空気を吸ったのだ。学生時代に友だちと京都に旅行したとき、祇園《ぎおん》で舞妓《まいこ》さんを見つけて、大騒ぎで写真を撮った記憶はあるが、そのときは何とも感じなかった。きれいな日本人形が歩いているような感覚だったと思う。

芸者さんたちは、みんなが若くて美人というわけでも、スタイル抜群というわけでもないのにだ。浴衣に名古屋帯の、夏の簡単な装《よそお》いなのに、色合わせがはっとするような組み合わせだったりして、浴衣が張り付いたような自分の着方とは全く違う。楽に着ているのに、寝巻にも見えず、だらしなくもならない、すっきりとした女性らしいたたずまい。そのうえ、唄も三味線も素晴らしい。趣味でやっているのと、プロとして人前で披露するのとでは、全く違うと教えられたようだった。唄や三味線を褒められて、ちょっといい気分になっていたが、上には上がある現実を、エリコは思い知らされた。

「よくできましたね」

浴衣ざらいの後、はじめてのお稽古《けいこ》のとき、師匠は声をかけてくれた。

「芸者さんたちが本当に素敵で、ぼーっとしてしまいました」

師匠は黙って笑っている。

「芸者さんになるのって、大変なんでしょうね。子供の頃から、お稽古なさって」

「そんなことないわよ。私たちの頃はそうだったけど、今は何のお稽古ごともせずに、普通に高校や大学を卒業して、芸者になりたいって来る人もいますからねえ」

「えっ、そうなんですか」

「そうよ。逆に子供の頃からやっている人のほうが少ないくらい。結婚もしてお孫さんがいる人もいるしね。最低限の芸事ができなくちゃ困るけど、昔と違って他の職業との差がなくなってきたような気がするわ」

「はあ」

「あなたはとっても筋がいいから、あれくらい、じゃんじゃん弾けるようになるわよ。踊りを習っている人は多いんだけど、三味線を弾く地方《じかた》さんが少なくなってねえ。こういっちゃ何だけど、風前の灯火《ともしび》なのよ。これからも引き継いでいかなくちゃならない仕事なんだけど……」

もしかしたら師匠に、遠回しに誘われているのだろうかと思ったり、ちょっと褒められたくらいで、調子に乗るのもいい加減にしろと自分自身を叱《しか》ったり、エリコは複雑な思いで家に戻った。

最近チカには、ユウくんというボーイフレンドができ、前にも増して身なりに気を遣うようになってきた。どういう人とエリコが聞くと、チカは黙って携帯電話を差し出した。画面には色白の見るからに優しそうな男の子が、にっこり笑いながら柴犬《しばいぬ》を抱きかかえて写っている。絶対にチカのほうからいい寄ったのだろうと疑うと、

「違うよ。何人もコクられたなかから選んだんだよ」

と偉そうにしていた。

「自分の行動には責任を持ってね」

いちおう母親として釘《くぎ》をさすと、

「お母さんみたいには、なるなってことでしょ」

と切り返された。できちゃった結婚をした身としては、強いこともいえず、

「はあ、まあ、そういうことよ」

と小声でいって、戸を閉めた。チカもだんだん大人になっているのだ。

いつものように寝る前の三味線のおさらいを終え、布団《ふとん》に入りながらエリコはつらつらと考えた。今の会社には、業績が落ちているとはいえ、定年まであと二十年くらいは勤められるはずだ。会社の人とはうまくいっているし、問題はないけれど刺激もない。仕事と小唄とを比べたら、申し訳ないけれど、熱の入れ方は二対八くらいになっている。会社での昇進には興味がないし、ただ与えられた仕事をミスなくこなし、お客様に喜んでいただけるようにするだけだ。喜んでもらえるのはうれしいけれど、それ以上に今は、一生懸命に練習した曲が、うまく弾けるようになるほうが何倍もうれしい。

このまま趣味として、お稽古を続けていたほうがいいのか、それとも……と、師匠にいわれた言葉を思い出し、エリコは布団の中で首を横に振った。

「芸者さんになんか、なれるわけないじゃない。思い上がるのもいい加減にしろ、だわ」

大きくふっと息を吐いて、エリコは目をつぶった。

年末のおさらい会が目前に迫っていた。着物を貸してもらう貸衣装部に出向くと、先輩が小物や草履まで合わせて、三セットも用意してくれていた。

「鮫小紋《さめこもん》と、これは四君子《しくんし》柄の付け下げ、あちらは御所《ごしょ》解き柄の訪問着。ごく一般的な柄しかなかったの」

貸してもらえるだけでありがたい。

「こういうふうに柄が多いのは、着ている方がいなかったような気が」

エリコは美笹会で観《み》た人々を思い出していた。

「じゃあ、訪問着はなしね。あとは似合うほうの色を選んだらどうかしら」

大きな鏡の前で、薄い小豆色の鮫小紋と、薄い卵色の付け下げを当ててみると、付け下げのほうが明らかに顔映りがよかった。それには白地に光らない金色で、連続した三角形が織り出された帯が合わせてあった。

「この帯は鱗《うろこ》柄ね。襦袢《じゅばん》は二部式。コートは臙脂《えんじ》の無地の道行《みちゆき》しかなくて」

何をいわれてもよくわからないので、エリコは、はいはいとただうなずいていた。

先輩は一点一点、指差し確認をした。

「あとは肌着だけ用意してね。着たらそのまま持ってきて。こちらで手入れをするから」

ひとつずつ包んで、大きな袋にひとまとめにした一式を受け取るとずっしり重い。

エリコは何度も頭を下げて、大切に着物を持ち帰った。

夕食後、自分の部屋に入って、包みを開いてみた。鏡の前で付け下げを羽織ってみると、絹の何とも心地よい肌触りに、心が安らぐ思いがした。帯を当ててみると、よりグレードが上がる感じだ。母も祖母も洋服関係の仕事だったので、これまで着物などと無関係に生活していたが、浴衣姿を褒められてから、エリコはがぜん、着物に興味を持ちはじめた。着付けの本を開くと、借りてきた四君子柄というのは、蘭《らん》、竹、梅、菊の四種類の柄で構成されたおめでたい柄で、鱗柄も魔よけ、厄よけの意味があると知った。無地の臙脂色のコートも、よくよくみると紗綾形《さやがた》という地模様の上に、小さな菊の花が織り出されていた。着物や帯はもちろん、帯揚げには、小さな花の刺《し》繡《しゅう》が飛ばしてあったり、帯締めは何ともいえない優しい桜色だ。そんな小物でさえ、手にとって眺めているだけで、気持ちが安らいでくる。エリコはそれを着られるうれしさに、年末の会への不安がちょっと薄らいできた。

会での唄は「うどんやさん」、三味線は「青柳《あおやぎ》の糸」と決まった。どちらも師匠が相手をつとめてくださるが、唄の最後には「おいくら？」とたずねる苦手な台詞《せりふ》があり、三味線の最後には聞かせ所の早弾きがあって、一度手がつっかえると、全く取り返しがつかなくなる。それまではゆったりした曲調なのにとエリコが愚痴をいう

と、

「これはね、明治一代女のモデルになった、実在した芸者さんのお唄でね。実家と不仲になったうえに、しまいには愛人を殺す話だから、その修羅場を表してるんじゃないのかしら。唄の文句は宮川曼魚《まんぎょ》先生が書かれて、有名なお唄なんですよ。小唄の文句を書かれた方はたくさんいらしてね、久保田《くぼた》万太郎先生、河竹黙阿弥《もくあみ》先生、尾崎紅葉先生、伊東《いとう》深水先生、半井桃水《なからいとうすい》さんの御作もあるのよ」

と師匠が教えてくれた。はいと返事はしながらも、「明治一代女」も宮川曼魚という人も、もちろん他の人もよく知らない。すべてにおいて何も知らないのだと、エリコは恥ずかしくなってきた。学生の頃、いろいろなコンサートには行ったが、歌舞伎《かぶき》や新派の芝居なんて見たことがない。いくら小唄が好きだからといって、背景にあるものを知らなくては意味がないのではなかろうか。

「今はたくさん娯楽があるからよ。私たちが若い頃は、芝居くらいしか楽しみがなかったもの」

師匠からは小唄の内容の勉強も必要だが、それよりも今はまず、実践のほうの勉強をしなさいといわれた。

「頭で覚えるより体よ。青柳は、とにかく最後をつっかえたら台無しだから」

強い口調に、エリコは体が硬くなった。

会の当日、早朝に起きて準備をし、予約しておいた美容院で、借りた着物を着付けてもらい、いちおう外見は整った。

「おきれいですねえ」

着付師の褒め言葉も上の空で、エリコは師匠の家に寄って三味線を受け取り、二人で会場に向かった。男性は洋服だが女性はみな着物姿で、やはり浴衣よりも華やかな雰囲気が漂っている。憧《あこが》れのお姐《ねえ》さん方も、意匠を凝らした着物姿だった。蝶子さんはグレーの地に、雪景色の裾《すそ》模様《もよう》の着物。照葉さんは目が覚めるようなトルコブルーの色無地に、雪の結晶が織り出された白い帯を締めている。若い小菊さんは、ピンクとオレンジがまざったような地に、三センチほどの大きさの、打ち出の小槌《こづち》や巻物などの柄が散っている、かわいらしい着物姿だった。どの人を見ても、素敵でどきどきする。

「本日はよろしくお願いいたします」

エリコが正座をしてお辞儀をすると、

「あら、どうもご丁寧に。ちょっと、あなた様子がいいわねえ。とっても素敵。こちらこそよろしくお願いいたします」

蝶子さんが頭を下げた。他のお姐さん方もにこやかにご挨拶《あいさつ》をしてくださる。

「あなた筋がよろしいから。美鶴さんも楽しみにしてらしたわよ」

憧れの蝶子さんにいわれて、男性から告白されたみたいに、エリコは顔がほてって
きた。

「いえ、あの、今日もあぶないんです」

「青柳の糸」を弾くのだというと、

「あー、青柳ねえ……」

とみなさん顔を見合わせてうなずく。

「ずっとのんびりしてるから、ただ弾くだけじゃ間延びするでしょ。で、最後はあの早さだから、弾きっぷりが難しいわねえ」

「あたし、十年くらい前、美笹会で弾いたとき、最後のところで糸が切れちゃって。お唄の方の調子が六本だったから、糸をぴんぴんに張ってたの」

「私は途中で、指がもつれたのよ。何とかごまかしたけど」

お姐さんたちの話を聞いて、エリコが不安そうになったのを見た蝶子さんは、

「ごめんね。脅かしているわけじゃないのよ。こんなふうだから、気楽にやって」

お姐さんたちに励まされたものの、不安になったエリコは、座敷の隅に置かれた間

仕切りの陰で、迷惑にならないように小さな音で、「青柳の糸」をさらった。

皆さんの前で披露した結果、唄《うた》も三味線も目立った失敗はなかったが、三味線は勘所どおりに弾いているだけとしかいえなかった。

「よかったわよ。最後までちゃんと弾けたじゃないの。あれだけ弾ければ十分よ」

兄弟子、姉弟子、お姐さん方は褒めてくれたが、自分ではいまひとつどころか、全然、だめじゃないのといいたくなった。

師匠の感想は、

「もっと弾き込めばよくなるわね」

であった。一曲を百回弾かなければ、ちゃんと弾けるようにはならないといわれているので、いくら集中的にさらったとしても、たかが知れている。最後に蝶子さんの唄、師匠の三味線で「初雪に」が披露されたが、自分が習った小唄とは、全く別の唄に聞こえるほど素晴らしかった。芸者さんになりたいなどと、野望を抱いて、本当にばかだったと、エリコは我ながら呆《あき》れ果てた。

「来年の十一月に、いつものホールで『美鶴会』をやります。一年もないので、がんばってお稽古しないとね」

会の締めでの師匠の言葉に、タケダさんが、

「ありゃ、それまで生きてるかしら」

とつぶやいたので、一同、大笑いした。

「ちょっと物入りになりますけど、よろしくお願いいたします」

ホールでの会となると、お客様が来るような会になるのだろう。失敗はしなかったけれども、いまひとつ満足感がなかった結果に、エリコは次はちゃんとしなければと、会場の後始末を手伝いながら反省した。

後日、師匠に「美鶴会」の詳細を聞くと、ホールは百数十人が入る規模で、エリコが予想していたよりも、はるかに大きかった。

「大変申し訳ないんだけど、十万円ほど参加費用が必要になるの」

お稽古事《けいこごと》にはお金が必要なのは当然である。問題なのは、エリコが着物を持っていないことだった。先輩に頼めば、鮫小紋を貸してくれるだろうし、また四君子の付け下げ一式を借りる方法もある。でもエリコは借り物ではない自分の着物が欲しくなった。そうなったら家に帰って、貯金通帳と家計簿と電卓を総動員して、お金の計算である。貯金はないわけではないが、自分の趣味のために、十万円ではとても済まない金額を取り崩してもいいものか。自分は見栄《みえ》を張っているのではないか。この間、借りた着物をまた着てもいいじゃないかと、あれこれ考えたが、やっぱり欲しい。

「古着は安くていいものがあるって聞いたんですけれど」

照葉さんに相談すると、彼女は首を横に振った。

「すでに何枚か持っているんだったらいいけれど、初めての晴れ舞台でしょう。すっきりと仕立て下ろしになさいよ」

照葉さんが推薦してくれたのは、偶然、エリコが浴衣《ゆかた》を誂《あつら》えた店だった。

「私の名前をいっていいから、そこで相談してごらんなさい」

早速店に行くと、女性店主はエリコの誂えた浴衣はもちろん、どんな小物を購入したかまで覚えていた。

「それが頭に入っていなかったら、この商売はつとまりません」

彼女はエリコの目の前に数反の反物を広げた。

「白生地を好きな色に染めて、色無地に仕立てることもできます。そのときは一つ紋をおつけになったほうがいいでしょう。これは付け下げ、こちらは江戸小紋の角通《かくとお》し……」

見れば見るほどわからない。

「私のお薦めはこちらですね」

　カナリヤの羽根のような黄色の反物を肩に掛けられたときは、えっと驚いたが、想像以上に顔が華やいで見える。よくよく見ると、白と黄色が一ミリほどの巾《はば》で、小さな格子《こうし》柄になっている。

「角通しといって、格の高い柄なんですよ。これだったら同色で縫い紋を付けられたらいいと思います。帯はこちらがいいかしらと……」

　図案化した、かわいらしい松竹梅が織り出された、とても洒落《しやれ》た白地の帯だ。女主人が合わせてくれるものはどれも素晴らしく、無難なのはつまらないと、出してきてくれた襦袢は、クリーム色の地に薄いピンクの目をした、白くて丸い大きなウサギがとんでいる柄だった。

「ウサギだってわかるのは、着ている御本人だけなんですよ」

　エリコはあまりのかわいらしさに身もだえしながら、

「そ、その組み合わせにしてください」

　と値段も見ずにいい放ってしまった。

「いちおう、お値段を出してみますね」

　女主人の手元の電卓を盗み見て、エリコは一瞬、うっとなった。給料のほぼ二か月分になっている。

「照葉さんからのご紹介なので、ここから一割、引かせていただきます」

もとの値段が値段なので、一割でも助かる。頭はぼーっとしていて、冷静に計算をすることもできず、気がついたら「お願いします」と頼んでいた。お店を出たエリコは、仕立て上がったときの支払いの額も忘れて、うれしさで気分が高揚していた。

発表会に披露する曲は、唄は男女の許されない恋を唄った「お互いに」。三味線のほうは再び「青柳の糸」に挑戦だ。あとは発表会まで、この二曲を徹底的に稽古である。師匠はお稽古のたびに厳しくなり、

「勘所を正しく押さえるのが大切なのはもちろんなんだけど、音と音との間《ま》、実は勘所を押さえていない間に、どう雰囲気を持たせるか、どう余韻を持たせるかっていうのが大切なの。今のあなたは、頭で覚えた譜面のとおりに弾いてるだけ。勘所は合っているんだけど、面白味も風情《ふぜい》もないのよ。小唄にはいろんな曲調があるでしょ。ただ勘所を押さえているだけだったら、どの曲も同じに聞こえちゃうわよ」

と叱《しか》られた。何度MDに録音して聞き直しても、全くそのとおりなので、どうしようもない。

「勘所を押さえていない間に、雰囲気を持たせるって、いったいどうしたらいいの」

エリコは頭を抱えた。具体的に自分がどうしたらいいのかはわからないが、師匠や

お姐さん方の三味線を聞いていると、たしかにそれがわかる。たとえばただ調子を合わせるために、三の糸を弾いたのと、曲のなかで同じ糸を弾いたのとでは、見事に音色が違う。それもお祭り調の曲、しっとりとした曲、悲恋の曲と、ただ開放弦を弾いただけなのに、すべての音色が違うのだ。以前、師匠が、

「手の動きが速い曲のほうが簡単で、ぽつりぽつりと弾く曲のほうが、ずっと難しい」

といっていた意味がよくわかった。それはわかったが、実際にどうしたらよいのやら、皆目見当がつかない。こんな状態では、いくらさらっても無駄なのではと思いつつ、やっぱりお稽古三味線を手に、日々さらうしかなかった。

ただ弾いているだけで、面白味も風情もないのは、歌舞伎もお芝居も観《み》た経験がなく、無知なせいかもしれない。かといって現状では、そのために歌舞伎を観まくるというわけにもいかない。でも少しは勉強しなくてはと、図書館に行って、歌舞伎や芝居関係の書籍を借りてきたり、インターネットで調べてみたりした。そこではじめて、明治一代女のあらすじを知り、宮川曼魚が鰻《うなぎ》料理で有名な「宮川」の主人で、江戸文化研究家だったということも知った。最初は興味だけで、小唄という趣味の小さな穴に気軽にとびこんだのに、その穴はずーっと奥深くなっていて、全く出口の光は見え

ない。たしかに三味線は弾けるようにはなってきたが、ただそれだけだ。いつになったら出口の明るい光が見えてくるのかと、エリコは悩んだ。

そうこうしているうちにあっという間に月日が流れ、おさらい会から半年以上が過ぎた。ホールを借りて行う「美鶴会」には、下ざらいと呼ばれる、一回のみのリハーサルがあった。お稽古場《けいこば》近くの区民会館の一室で、プログラムに沿って行われるので、師匠からは着物を着てくるようにといわれた。その日エリコは、午前中は出社して午後から休みを取る予定だったので、お稽古場の近くに着付けをしてくれる所はないかと、呉服店の女主人に電話をして聞いてみた。

「私でよければ着せて差し上げますよ。仕立て上がってきたらうちでお預かりして、ここで着替えていかれたらどうですか」

といってくれた。着付けは顧客へのサービスで無料だという。あれこれ物入りなので本当に助かる。エリコは彼女の好意に感謝しつつ、今までとは違う緊張感の、舞台という場がいったいどんなものか、少し不安になってきた。

和紙の表紙に金色で「美鶴会」と刷ってある、でき上がってきたばかりのプログラムを見ると、顔見知りの一門のお弟子さんだけではなく、美笹会のお師匠さん方十人が、お弟子さんを連れて出演する予定になっている。そのお弟子さんも含めると、外からの出演者は三十人を超えていた。その他にエリコが知っている芸者さん以外の名前も載っている。兄弟子、姉弟子も捨て番は本名だが、本番は名取の名前で記載されている。師匠の名前が「美鶴」なので、それを受けて、美鶴子、美鶴江、美鶴まさ、などの名前が並んでいる。男性のほうは美だと女性っぽいからか、音が同じ「實《み》」の字が当てられていて、實鶴正、實鶴治、實鶴弥となっている。名取の名前を見れば、一目で誰の弟子かというのがわかるようになっていると、師匠から聞いたことがあった。

演目は全部で八十番に及んでいた。エリコの捨て番の順番は、姉弟子二人と、他のお師匠さんのお弟子さん二人の後で、五番目になっている。本来ならば、自分がいちばん最初のはずなのではと師匠にたずねた。

「唄《うた》のバランスがありますからね。最初っから道行《みちゆき》の唄っていうのもなんだから、明るい雰囲気のお唄で幕開けにしたの。みなさん、それでいいとおっしゃっていたし。他のお弟子さんには、前のほうの出番で申し訳ありませんって、ちょっとだけ、お支払いいただいたお金をお返しするのよ」

捨て番の一門の三味線は、照葉さんと、長年、三味線を習っている姉弟子が務める。

「たくさんの方が出演なさるんですねえ」

お稽古の前にエリコがプログラムをめくりながらつぶやくと、師匠に、

「私、あなたに悪いことしたわ」

と謝られた。

「プログラムを見ると、あなたが唄ったり弾いたりする曲とお名前がね、アンバランスなの。どれが初心者向きで、どれがベテラン向きかっていう区別は、はっきりとはないんだけど、ただぱっとプログラムを見たときにね、お名取さんだと印象が違うのよ。あなたは短期間に上達して、それだけの技量があったのに、私がもうちょっと先、もう少し様子を見てって思っているうちに、他のことで忙しくなっちゃって。会が終わったら書類を出しておきますからね。だから今回はごめんなさいね」

頭を下げられたエリコは、びっくりした。

「いえ、そんな。名取さんなんて、お稽古をはじめて十年、二十年でやっとなれるものだと思っていましたから」

恐縮する師匠を前にして、エリコは、自分は名取になる資格があるのかと、不思議な気がしてきた。

下ざらいの当日、エリコは仕立て上がってきたばかりの角通しの着物と帯を着せて

もらい、師匠から借りている三味線をお稽古場に取りにいって、区民会館に向かった。

五階には三間続きの和室があり、間の襖《ふすま》が取り払われて座卓が並べられ、赤い毛氈《もうせん》と金屏風《きんびょうぶ》も設《しつら》えられていた。そこにはお茶や茶菓子を出すお手伝いの女性が三人、エプロン姿で待機していた。彼女たちに着物姿がとても素敵と褒められても、心は上の空だった。三味線の調子を合わせながら、エリコはこれからしなくてはならないことを考えると、不安で心臓がどきどきし、手には汗がにじんできた。

次々に一門のお弟子さんたちがやってきたが、お姐《ねえ》さん方の顔つきが違っていた。いつもはにこにこしている小菊さんも、いつもよりはにこにこ度が少ない。

「今日はね、大きなお師匠さんたちが、いらっしゃるでしょ。私たち素人《しろうと》には何もおっしゃらないけど、お姐さんたちにはいつも厳しいの。プロだから仕方がないけどね」

小唄を習って四十年以上の姉弟子が教えてくれた。

集合時間が他のお師匠さん方より一時間早くなっていたのは、主催する側のうちの一門が、全員、顔を揃《そろ》えてお師匠さん方をお迎えするためらしい。

お師匠さん方は共通して、控えめでありながら、それでいて存在感がある。色無地や江戸小紋を着ていても、着こなしがひと味違う。ひと目で普通の奥さんではないとわかるのだ。「美笹会」でお見かけした方も、四、五人いらして、エリコはそこここでお辞儀が繰り返されるのを見たり、自分もその中にまぎれたりしながら、これからいったいどうなるのかと、再び心臓が高鳴ってきた。

全員の顔が揃うと、すぐに下ざらいがはじまった。和気藹々《あいあい》という雰囲気ではなく、お師匠さん方がぴしっと背筋を伸ばして座っているので、部屋には緊張感があふれている。小唄を習って三十年の姉弟子二人のほのぼのとした唄が終わり、エリコよりはずっと年上の、お弟子さん二人の唄も終わった。

「もうちょっと大きな声で唄いましょう。唄の文句がわからないわよ」

早速、大きなお師匠さんからチェックが入った。ああ、私もそうだった、唄おうと思っても喉《のど》が詰まったようになって、声が出ないのだと、エリコははじめて人前で唄ったとき、頭に血が上って、結局、何をしているのかわからなくなったことを思い出した。

順番がまわってきたエリコは、毛氈の上の座布団《ざぶとん》に座った。三味線は照葉さんである。見台《けんだい》に唄の文句を書いた紙を置き、お辞儀をして顔を上げると、大きなお師匠さん方の目がじっとこちらを見ているのに気がついた。一瞬、うっとたじろいだが、

（見台だけを見れば大丈夫、大丈夫）

といきかせ、「お互いに」を唄いはじめた。とにかく間《ま》だけを間違えないように
と、教えられた唄い方の注意事項を書き込んだ、目の前の紙だけをじっと見つめた。
唄い終わってお辞儀をすると、
「よくできました」
とお師匠さん方が拍手をしてくださった。恐縮しながら座卓に戻ると、
「捨て番の五番目でこうだと、後の方は大変ですよ」
とお師匠さん方が座っているほうから、冗談めかした声が聞こえた。
「ほんと、どうしましょ」「たいへん、たいへん」
お弟子さんたちも小声でいいながら、手元の紙を再び眺めたりしていた。
(はあ〜)
とりあえず何とか唄い終わってほっとしたものの、本番の三味線が控えている。と
いって、この場で練習するわけにもいかず、エリコは舞台のほうを見ながら、わから
ないように膝《ひざ》の上にのせた両手を小さく動かして、曲の手を確認した。
捨て番が終わると、やっと十五分の休憩だ。お手伝いの女性たちが、手慣れた様子
でお師匠さん方にお茶菓子を出している。すると桜色の色無地を着た小菊さんが、す
すっと音もなく歩み寄ってきて、風のようにふわっと座った。

「カワムラさん、とてもよかったですよ。あのお唄、私も大好きなんですけれど、難しいんですよね。いつも師匠に『なんでそんなふうになっちゃうのかねえ』ってため息をつかれてました」

「もう心臓がどきどきしちゃって」

「いやなものですよね。私も下ざらいって、好きじゃないです」

エリコは雑談をしながら、こういう人が芸者さんに向いているのだなと納得した。品がよくてかわいらしくて、それでいて人なつっこい明るさがある。さぞかし男性に人気があることだろう。

「小菊さん、たくさんお座敷に声がかかるでしょう」

エリコがたずねると、彼女は眉《まゆ》をひそめて、急に小声になった。

「いーえ、ぜーんぜん。とにかくお出先が……、お座敷がかからないんですから」

という。

「花柳界で楽しもうっていうお客さまがとても少なくなって。お姐さんたちの話を聞くと、昔は本当にすごかったらしいですけどね。みなさんお座敷を掛け持ちで、料亭さん巡りのようだったみたい。でもこのごろは、お座敷がかかったと思うと、顔なじみのお店の旦那《だんな》さんたちのお集まりとか。バスツアーに芸者遊びが組み込まれているので、そういうお仕事はありますけれど、私は地方《じかた》さんのような才能や腕もないし、踊りもまだまだなので、勉強中もいいところです。三、四年前ですけど、はじめてご指名をいただいたんですよ。誰かしらとうれしくなってお出先に着いたら、お座敷に両親と親戚《しんせき》が座ってたんですよね。実家で両親と暮らしてるのに、ここで何してるの、なんていうこともありましたよ」

小菊さんは笑った。花柳界が昔のように華やかではないというのは知っていたが、実家に住んでいながら、芸者さんという方法もあるのかと、少し驚いた。話を聞くと、蝶子お姐さんが彼女の置屋《おきや》のおかあさんで、決まりとして日中は、置屋にいなくてはいけない。午前中は踊りや小唄、太鼓などの稽古をすませ、昼過ぎからは仕事があってもなくても、部屋で待機している。

「和物のイベントもありますし、退屈というわけではないんですけれど、お座敷がかかる仕事は少ないですね。バスツアーのお客様に花柳界の雰囲気を知ってもらうのはいいんですが、なかには芸事には全く興味がなくて、やたらと触ってくるだけの人がいて困ります」

そんなときには料亭のおかみさんや、年輩の仲居さんが、さりげなく助け船を出してくれるんだそうだ。

「最近は女性同士のお客様もいらして、いろいろとお話ができて楽しいです。勉強をさせていただいてます」

若いのに立派だとエリコは感心した。彼女くらいの美貌《びぼう》だったら、お金が欲しければ他にも仕事はたくさんあっただろう。小菊さんが実家を出ないのは、今の収入では暮らせないからではないのだろうか。それでも芸事が好きなので、芸者という職業を選んでいる。

「花柳界のホープね。お姐さんたちも期待しているでしょう」

「なかで年齢が比較的若いだけです。芸がないからがんばらないと。大学を卒業して、そのままこの世界に入ったので」

「えっ、新卒で?」

もっと話が聞きたかったのに、あっという間に休憩時間が終わり、本番の下ざらいがはじまった。

「失礼します」

小菊さんは会釈《えしやく》をして、ささっと戻っていった。エリコも我に返り、あわてて三味線を取り出して調子を確認した。

本番は三番目の出番で唄は照葉さんだ。エリコが三味線を失敗しても、うまく唄で間を持たせて、フォローができるようにとの師匠の配慮である。名前を呼ばれて屛風の前の座布団に座り、お辞儀をして顔を上げると、再び緊張してきた。今度は逃げ場の見台がないので、人の目がとても気になる。師匠からは、三味線を弾くときは、目線をやや下に決めたら、そこから目を離さないようにといわれていて、何か目印はとさがすと、畳の上に焼けこげがあったので、それをじっと見つめた。ドンツントンツン……とゆっくりとした新内の手からはじまる。

「あお〜や〜ぎ〜〜の〜」

照葉さんの声が響いた。ああ、いい声だなあと思いながら、とにかく間違えないように、間違えても弾き直さないようにと、それだけを考えた。最後は修羅場を表す、三味線の聞かせ所である。とにかくここを失敗したら、すべてぶちこわしなので、エリコは何も考えずに、ただいつもさらっているように、両手の指を動かした。頭の中には何もなかった。

「よく弾けましたよ。たくさんお稽古《けいこ》なさったのね」

いちばん前に座っていた、大きなお師匠さんが、声をかけてくださった。はっとして頭を下げると、

「まだお名取さんじゃないのにねえ」

と声がした。

「会が終わりましたらすぐに、お名前をいただく予定にしておりますので」

師匠があわてて頭を下げた。

ぼーっとしたまま末席に戻ると、兄弟子、姉弟子が座卓から身を乗り出し、小声で、

「よかった。本当によく弾けたね」

と褒めてくれた。

(みんななんて、いい人たちなの)

肩の上に乗っていた大きな荷物が、ごろりと落ちていったような気分だった。しかし下ざらいの二、三日後に会が開かれるのならまだしも、会まで一か月あると緊張感をどう保っていいのかわからない。下ざらいで間違いなく弾け、師匠にも、あのままでよいといわれたのが、逆にプレッシャーになっていた。

ともかくエリコはよりよい唄《うた》、演奏をするために、演目をさらう日々が続き、やっと「美鶴会」の当日になった。有休はとったけれども、会に出演するのは会社の人には黙っていたし、知っているのは身内だけだ。集合は朝十時。ホールの入り口には師匠方のご贔屓《ひいき》さんからの、お祝いの花がたくさん飾られている。舞台の裏の楽屋という場所にもはじめて入った。テレビや映画で見た、上のほうにライトがついた鏡が、

ずらっと並んだ部屋に入ると、自分がそんな場所にいるのが不思議に感じられた。一門は師匠を中心にして、舞台の上で記念写真を撮影した。頭上からのライトに照らされて、暑いうえにとてもまぶしい。そのせいで客席があまりよく見えないのは幸いだった。

撮影が終わると、次にエリコは出演者全員のおみやげの準備をしなくてはならなかった。お手伝いの女性たちと一緒に、名札がつけられた紙袋のなかに、お弁当、お菓子、師匠や名取の方々からの粗品をいれていく。

「今回はいらっしゃらないですけど、名取になってはじめての会、つまり名披露目《なびろめ》の会になる方は、みなさんに名取の名前が入った熨斗紙《のしがみ》をかけた、お一人千円ほどの品物を配るしきたりなんですよ」

とお手伝いの女性が教えてくれた。美鶴会でいちばん年下のエリコは、姉弟子からモスリンの紐《ひも》でたすきがけをしてもらい、品物がだぶらないように、また足りないことのないように確認しながら紙袋のなかに入れ、両手に紙袋を持てるだけ持って、楽屋の各部屋に配って歩いた。兄弟子、姉弟子たちは順番に、師匠の三味線で声出しをしている。出演の前には必ず、ただの発声練習ではなく、きちんと唄わなくてはいけない。

「師匠に舞台でも三味線を弾いてもらう場合はね、声出しのときに『御糸代』って書いた白い封筒に、一万円をいれて渡すのよ」

と姉弟子が小声でささやいた。

やっと紙袋を配り終わり、やれやれと思っていると声出しに呼ばれ、それが終わると照葉さんに、

「一度、合わせましょう」

と声をかけられた。エリコはあわてて三味線の調子を合わせ、全く落ち着かない。

「ミエコちゃんとおばあちゃんは、客席に座っているから」

と楽屋に顔を出したチカにも、

「わかった」

としかいえなかった。

呼ばれるままにあわただしく捨て番の舞台に上がり、頭上から照りつけるライトの光にかーっとなって、どうしようかとあせったけれど、逃げ場になっている見台のおかげで、なんとか唄は終わった。本番の出番まで一時間以上ある。といってものんびりしているわけにもいかず、舞台に出る直前に膝ゴムを忘れたのに気づいた姉弟子のために、舞台裏と楽屋を走って往復したり、咳《せ》き込んだ兄弟子の背中をさすったり、

茶菓子の補充をしたり、楽屋見舞いに来た人の案内をしたりと、しなければならないことがたくさんある。

「あなた、少しお休みなさいよ」

姉弟子に声をかけてもらって、やっと我に返り、お弁当を食べたが、どこに入ったのか全くわからなかった。

とうとうプログラムは本番に入った。

「大丈夫、ちゃんとできるから。万が一のときは私にまかせて」

舞台裏で牡丹唐草《ぼたんからくさ》の地紋の色無地を着た照葉さんは、とんと自分の胸を叩《たた》いた。薄紫色がなんとも品よく粋《いき》に見える。

「ありがとうございます」

うまく弾けなくてもいい。とにかく大きな失敗をしないように、それだけだ。両御簾《みす》の片方に案内され、そこで待機しているうちに、ただでさえばくばくしている心臓の鼓動が、ますますひどくなってきた。

「はあぁ〜」

三味線を構えてため息をついたエリコに、照葉さんは、小声で「大丈夫」と勇気づけてくれた。自分は失敗なく弾ければいいけれど、照葉さんはそれ以上のものを求められる。三味線はもちろん、妹弟子が失敗したら尻《しり》ぬぐいをし、それと同時に芸者さんとして、恥ずかしくない唄を唄わなくてはならないのだ。

予想していたよりもずっと早く御簾が上がって、一瞬、あせってしまったが、エリコはあきらめの境地でお辞儀をして弾きはじめた。頭は熱いし、左手にはじっとりと汗がにじみ、右手はふるえてくる。スピーカーから流れてくる、自分が弾いている三味線の音を聞いている限りは、なんとか間違いなく弾けているようだ。途中、短い聞かせ所があって、「チチーン、ツツーン」と高い音を響かせなくてはならないのだが、勘所の押さえ方が悪く、「チチッ、ツッッ」と全く音が響かなかった。

（やってしまったあ）

背中にどーっと汗が流れる。一か所失敗すると、他の勘所もちゃんと押さえられないのではと、不安になってくる。弾けば弾くほど汗が出てきて止まらない。最後にはあの早弾きの聞かせ所もある。唄は終わっているので、照葉さんのフォローもない。

（弾けるの？　私。やだーっ）

三味線を振り捨てたい気持ちをぐっとこらえながら、歯をくいしばって最後の聞かせ所を弾いた。音が響かないところがいくつもあったが、早弾きなのが幸いして目立たなかった。最後は自分でもわけがわからなくなったが、どうにか最後まで音は間違えず、つっかえずに弾き終えた。お辞儀をしてさーっと勢いよく御簾が下りた瞬間、大きな拍手を耳にしながら、一気に緊張がほどけて腰が抜けた。

はじめての舞台演奏で、演奏直前はあがりまくり、演奏中は無我夢中、演奏直後は呆然《ぼうぜん》としていたエリコは、気持ちが落ち着くにつれて、今まで味わったことがない恍《こう》惚感《こつかん》と解放感を味わっていた。弾く前は、こんな場に参加するんじゃなかったと後悔すらしたのに、いざ終わってみると、何とも心地いい。きっと舞台の後には打ち上げがあり、そんな気持ちを語り合ったりするのだろうと予想していたが、そんなものはなかった。すべての演目が終わり、最後に出演者一同、舞台に上がって観客に一礼したら、みな勝手に帰っていく。そのそっけなさが、また面白かった。

チカたちはどうしているかと、エリコがあわてて裾《すそ》をひるがえしてホールの外に走ると、ロビーの椅子《いす》に、お洒落《しゃれ》をした祖母と母が座っていた。チカは他のお年寄りに席を譲り、傍らに立っている。

「よかった、まだ帰ってなかったのね」

「お世話になっているんだから、お師匠さんにご挨拶《あいさつ》をしたほうがいいと思って、待っていたのよ」

母は手に持った和菓子店の紙袋を指さした。あとからいらっしゃるから、もう少し待っていてとエリコがいうと、母は、

「これから打ち上げがあるんでしょ」

という。エリコは首を横に振った。

「ああそう。これから三人で食事をしようかっていってたのよ」

祖母は、

「よかったよ。本当に上手だった。他の人と音が違ってたもの。着物もよく似合ってきれいだし、本物の芸者さんみたいだったよ」

と褒めてくれた。

「音がよかったのは、三味線のせいよ。舞台用はお師匠さんから借りてるから」

祖母が心から喜んでいるのがうれしい。本物の芸者さんみたいといわれたせいかもしれない。

「お腹《なか》がすいた」

チカがぼそっといった。みんなと食事をするなんて、想像もしていなかったエリコは、これからどこか店を選んで、先に彼女たちに行ってもらい、自分は師匠の家に三味線を返してと、考えていると、背後から何人かの女性の声に混じり、師匠の声が聞

こえてきた。

「よく弾けたわねえ。たいしたもんだわ。立派でしたよ」

エリコの顔を見るなり、師匠が褒めてくれるのに恐縮しながら、家族を紹介した。

「みなさんお洒落ねえ。おばあちゃまも本当に素敵」

「祖母も母も、ずっと服飾関係の仕事をしていたものですから」

「どうりでねえ。ご趣味が違うもの」

祖母と母は恥ずかしそうに笑いながら、エリコが世話になった礼をいい、紙袋を差し出した。

「おそれいります。これからみなさんでお食事をなさるんでしょ」

「はい。お借りした三味線をお返ししてから」

「三味線はいつでもいいわよ。楽屋に置いてあるのかしら。ケースに私の名前が書いてあるから、それじゃ、小菊ちゃん、申し訳ないけど持ってきていただける？　あなたはうちに寄らなくてもいいから。どうぞこのまま、お帰りになって」

師匠に指示された小菊さんは、「はい」と返事をして、小走りに楽屋に戻っていった。

「そんな。申し訳ありません」

「いいの、ついでだから。お店の見当はついてるの」

「いえ、それが」

師匠はここでも、祖母や母が喜びそうな店をと、何軒か選んで連絡先を教えてくれた。

「それではみなさんで、どうぞごゆっくり」

師匠は芸者さんたちと一緒に、会場を出ていった。エリコが三味線を持って戻ってきた小菊さんにも礼をいうと、彼女はにこっと笑って会釈《えしゃく》し、お姐《ねえ》さんたちの後に付いていった。師匠が教えてくれた和食の店は、こぢんまりしていて静かで、お店の人も感じがよく、何より料理がおいしかった。祖母と母は、

「格好のいいお師匠さんねえ。頭の回転が速くて容姿もよくて、芸も上手なんてすごいわねえ」

としきりに感心していた。師匠を褒められて、エリコはとても誇らしかった。

会が終わったエリコの次のイベントは、名取式である。師匠からは名取名を考えておくようにといわれて、エリコはあれこれ迷っていた。何でもいいのならともかく、師匠の名前を引き継ぐので、バランスよくしなくてはならない。美鶴会のなかで、同じ音の名前はつけられないので、エリコが考えた最終候補は、「美鶴香《みつるか》」「美鶴穂《みつるほ》」

「美鶴世《みつるよ》」の三つである。このなかではチカの力が入った、「美鶴香」がいいかしらと思い、晩御飯を食べながらチカに相談すると、ふーんといいながら名前を書いた紙を見た。そしてどんなアドバイスをしてくれるかと期待していたら、

「美鶴っぱげ、っていうのがいいんじゃないの。インパクトあるし」

などという。むっとしたエリコはチカの手から紙を奪い取り、

「もう、相談なんかしない。一生懸命に考えてるのに」

チカはふふっと笑いながら、全く関心を示さなかった。

師匠に三つの名前を見せると、「美鶴香」がいいという。

「あなたの優雅で清潔な雰囲気にとても合ってるわ。不思議とね、みなさん、自分にぴったりの名前をつけるのよ」

師匠は引き出しの中から手文庫を取り出し、和紙にさらっと小筆で「美笹美鶴香」と書いて、エリコに見せた。

「素敵なお名前よ。これで本部に書類を出しておきますね」

エリコは、ありがとうございますと頭を下げて、これからずっと付き合っていく、第二の名前を眺めていた。

その後はお金の話で、会に納める登録のお金、式のときにお世話をしてくださるお

師匠さん方や、昔から続いている名取の台帳に名前を記帳する係の方へのご祝儀《しゅうぎ》などを合わせて、十万円を準備しておくように、着物はこの間の舞台の姿のままでよいといわれた。もしかしたら、師匠にも御礼が必要なのではと、お稽古《けいこ》の後、控えの間にいた照葉さんに小声でたずねると、

「のし袋に御礼と書いて、三万円いれておいて。名取式の後に師匠の家でお食事になるから、そのときにお渡しして」

と教えてくれた。

名取式は土曜日なので、また有休をとった。チカが、

「美鶴っぱげにしなかったんだ」

と笑うのを無視して、身支度を整えて、午前十時に美笹会の本部に向かった。本部は木造家屋ではなく、五階建てのビルだった。今回、名取になる方々が師匠と一緒に、五十人ほど控えの間に集まっていて、見たところ、エリコがいちばん年下のようだ。一時間ほど待って、師匠の名前が呼ばれ、本部の女性に案内されて、階段を上がった広間に入っていった。その部屋の正面には、美笹会の創始者の美笹美《み》つ先生の大きな写真が飾られている。その前に緋《ひ》毛氈《もうせん》が敷き詰められ、現会長が紫色の地に鶴《つる》と亀《かめ》の刺繍《ししゅう》が施された訪問着を着て、テーブル席に座っておられた。師匠とエリコはその横

に座った。しばらくすると、杯をのせた三方《さんぼう》を掲げた、会の大きなお師匠さんが姿を現し、杯にお酒を注ぎ、会長、師匠、エリコと順番にいただく。これがエリコと美笹会、師匠との固めの杯という意味になる。会長を中心に座ったまま記念写真を撮影して、式は十分ほどで終わった。

師匠の家では、お昼に松花堂弁当を出していただいた。お手伝いの方は用事があって帰省しているので、照葉さんがお茶をいれて、お世話になり申し訳なかった。会から渡された紙袋のなかには、「美笹美鶴香」と筆で書かれた木製の表札、名取の免許状、美笹会の紋が入った杯、お祝いのお菓子が入っていた。

「こんなに短期間で、よくお名取さんになれましたねえ。どれだけ努力したかわかりますよ。ただ名取は無試験だけど、師範は試験がありますからね。また精進しないとね」

「師範なんてとても」

「それはあなたのやる気次第よ。なかには名取だけで十分っていう方も、たくさんいらっしゃるけど。あなたには、できるなら師範の免許を取って欲しいわ」

師匠はぽつりといった。

「私が人に教えるなんて」

「教えるとか教えないじゃなくて、あなたは師範の免許を取れる能力はあると思うの。お稽古をしているのだって、目標がなくてはつまらないでしょう。お名取さんになっただけで、あなたは満足できるかしら。確かに芸事には終わりはないし、お稽古をずっと続けて、自分が進歩するのはうれしいけれど。それだけでいい？　私はもったいない気がするのよね」

悠々自適に暮らしている、兄弟子や姉弟子が、会のときに緊張もせず、楽しそうにしている姿を思い出した。

「あのう、身の程知らずだと思うのですが、私、芸者さんには向かないでしょうか。だめならだめって、はっきりいっていただけませんか。それだったらあきらめます。三味線が大好きだし、芸者さんって素敵だなって憧《あこが》れてしまって。まるで若い女の子みたいで恥ずかしいんですけど」

エリコはうつむき、だんだん声が小さくなった。

「本気でやる気はありますか」

エリコが顔を上げると、師匠はじっと目を見ている。

「やりたいです」

どうしてこんな話になったのかしらと、自分自身でもちょっとあせったのも事実だった。またもう一人のコントロール不能の自分が、体の中から出てきたみたいだった。

「プロは大変よ。趣味で楽しむのとはわけが違いますから。花柳界も地方《じかた》さんが足りなくてね。昔から今までずっと続いてきたものが途絶えてしまうから、後を継いでくれる優秀な方がいてくれないとね」

師匠はしばらく黙っていたが、

「あなたは向いていると思うわ」

といってくれた。ため息とも返事ともつかない、はあという小さな声が、エリコの口から出た。照葉さんもうなずいている。

「本気でやるのなら、今のようなのんびりしたお稽古ではだめよ。基本的に知っていなくちゃいけない曲がありますからね。小唄《こうた》だけじゃなくて、端唄《はうた》や俗曲もあるし。それを今から叩《たた》き込まないと」

「何曲くらい弾けないといけないんでしょうか」

おそるおそるたずねてみた。

「最低、千曲かしら。お客様に弾いてくれっていわれて、『知りません』なんて、死んでもいえないでしょ。芸事で身を立てるつもりになっているのなら、これから先はとても厳しいですよ。ついてこれますか」

師匠は厳しい顔つきになった。自分から口に出した手前、考えさせて欲しいというわけにもいかず、エリコはその場で、

「よろしくお願いいたします」

と頭を下げた。すると、

「ちょっと待ってください。師匠、私から美鶴香さんにお話しさせていただいて、それから決めてもらっちゃいけないでしょうか」

とずっと傍らで話を聞いていた照葉さんが、間に入ってきた。

「そうね、照葉さんによく話を聞いて、それでお決めになればいいわ」

返事は後日という話になり、翌週の稽古日、エリコは照葉さんのお稽古が終わるのを待って、近くの喫茶店で話を聞いた。

「びっくりしたわ。すぐに返事をするんだもの」

照葉さんはコーヒーに砂糖とミルクをたっぷり入れて、一口すすった。

「すみません。自分からいい出したので」

「よく考えていいのよ。私もあなたは、雰囲気も三味線の質《たち》からしても、向いているとは思うけど」

照葉さんはいい澱《よど》んだ。エリコは手にしたコーヒーカップをソーサーの上に置いた。

「高校生のお嬢さんとお二人で暮らしているって、おっしゃってたわね。こういっちゃなんだけど、お勤めを続けていたほうが、はるかに楽だと思うの」

「下ざらいのときに、小菊さんから少しお仕事についてはうかがいました」

「あの人は若いし、芸もまだまだ修業中だし。今は昔のように置屋に住み込んでっていう人はほとんどいないわね。芸者のタイプも昔とは違ってきたし、私だって結婚してるし孫もいるのよ」

エリコはびっくりして照葉さんの顔を見た。照葉さんは幼い頃から三味線を習い、長唄の舞台にも出たりしていたが、長唄は男性中心の世界なので、女性に生まれたからには、きれいに身なりを拵《こしら》えて、三味線も活《い》かせる道をと、芸者さんになったという。最近では近所の人に頼まれて、中学校で三味線を教えたりもしているそうだ。

「ボランティアですけどね。少しでも興味を持ってくれる子がいたらいいなと期待して。だからあなたが、なりたいっていってくれたのは、とてもうれしいし、なってもらいたいんだけど」

照葉さんは小さくため息をつき、コーヒーを飲んだ。

「おかげさまで私の場合は、地方でいろいろなお座敷に呼んでいただけるんだけど、今は唄い弾きができないとね。唄と三味線の二人の芸者は呼べないけど、唄い弾きができれば一人分で済むでしょう。今はそういった感覚になってしまったわね。頂戴《ちょうだい》するお金を『花代』、予約されたお座敷は二時間単位で、『お約束』っていうんだけど、時給としてはだいたい五千円から七千円の間くらいかしら。それも全部、こちらにいただけるわけじゃなくて、毎月、置屋に看板料っていう登録料を払うきまりがあるの。私は五万円払ってるわ。お座敷やイベントがあったとしても、収入が五万円以上ないと、自分の懐《ふところ》には入らないのよ。それにお稽古代、美容院代、着物代がかかるでしょう。華やかにみえるけど、芸に対しては地道に努力をしなくちゃならないし、収入は安定していないしね。本当に芸事が好きで、そのうえ素質がないと難しいわね」

「小菊さんは全然、お座敷がかからないって、いっていました」

「あら、小菊ちゃんは売れっ子なのよ。謙遜《けんそん》したのかしら。彼女の感覚からいうと、暇のように感じているのかもしれないけど。不況でも昔からずっとご贔屓《ひいき》にしてくださっている方々もいらっしゃるからねえ。私なんか、本名が照子《てるこ》なもので、うっかり明治の美人芸者さんと同じ名前をつけちゃったから、もうからかわれてねえ。今では『おれもお前も老《ふ》けたもんだ』なんていわれたりして。私は芸者になって、全く後悔なんかしていないけど、人それぞれ事情があるでしょう。あなたのようにお子さんを抱えているとね、難しい部分も多いと思うの。ごめんなさいね、夢を壊すような無粋な話ばかりで」

　本来ならば裏の話など、素人《しろうと》には聞かせたくないはずなのに、正直に教えてくれた照葉さんには、心から感謝した。

「外からではわかりませんし、教えていただいてよかったです」

　照葉さんは、着物は自分持ちだったり、置屋が誂《あつら》えてくれたものが自分の借金になり、それを払い続けるなど、ほかにも大変なことはあるけれど、着物は気前のいいお姐《ねえ》さんたちもいるし、なんとかなると思うとか、とにかく地方希望の人がいるのはうれしいと、エリコが少しでも希望が持てるような話もしてくれた。

「どんな仕事でも苦労はあるからね。自分がどこを辛抱できるかよね。よく考えて師匠に返事をしてね」

　照葉さんは別《わか》れ際《ぎわ》にそういって、励ましてくれた。

　それから次のお稽古日まで、エリコは悩み続けた。ブライダルの仕事も嫌いではないが、三味線のやる気度数に比べると数値は低い。ただ三味線を趣味のままで、終えられるかという問題だ。師匠は師範の免状をといってくれたけれども、ないよりはあったほうがいいかもしれないが、それほど興味はない。とにかくお姐さんたちの格好のいい姿に憧れてしまったのだ。会社で、制服のスーツにひっつめ髪の地味な姿を続けていた反動かもしれない。意欲だけだったら、一も二もなく芸者さんだが、問題は収入である。チカが二十歳になるまでは、親の責任を果たさなくてはならないし、軽はずみに転職するのは、はばかられる。でも収入が芸者の夢をあきらめる理由になってしまうのは、どこか違うような気がする。現在の貯金残高を確認してみたが、潤沢にあるわけではない。意志を貫いて、置屋にお世話になったとしても、毎月、五万円の看板料が払えるかどうかさえ、心配になってきた。そう考えると、有休があり、自分のやるべき仕事をしていれば、毎月二十五日に、チカと二人、生活できる分のお給料が振り込まれるという現実は、打算的だが捨てがたいのも事実なのだ。

「うーん」

これまでは全く考えなかった、ライフプランを立てなくてはと、簡単に作った夕食の後、チラシの裏を使って年表を作ってみた。高校二年のチカは、学校が終わってから、カフェで短時間のアルバイトをはじめ、食事はそこで済ませるようになっていた。

「エリコ三十八歳、チカ十七歳。ここからはじまって」

六十歳がエリコの定年である。自分のところは特に書くべきものはなく、チカのところに大学入学、二十二歳卒業、二十七歳結婚と、予想される事柄を書き込んでみた。

「まだまだ先は長いわねえ」

大学の学費や、これから二人の生活に必要な経費を書き込んでいくと、ひゃあとお手上げ状態だ。幸い、ケンジがまじめに養育費を払い続けてくれているのと、チカが授業料の安い公立高校に入ってくれたおかげで、そちらのほうには蓄えはあるが、自分の貯金が厳しい。たとえば芸者さんになったとすると、収入が不安定ななかで、毎月、看板料の五万円分、多く捻出《ねんしゅつ》しなくてはならなくなる。

「絶対、無理」

エリコは一気に暗くなった。どうしたものかと首をひねるのと、ため息をつくのをくり返していると、九時半すぎにチカが帰ってきた。

「今日はちょっと遅かったわね」

「うん、ユウくんと少し話をしてたから」

「あまり遅くなったらだめよ。まだあなたは高校生なんだから」

「わかってるってば」

チカはエリコのテーブルの上の紙に目をやった。

「何これ」

「これからの人生設計。今まで何も考えてなかったから。チカの進学のことや、結婚の資金とか、いろいろと考えておかなくちゃね」

もちろん芸者の件は、まだ内緒である。チカはじっとその紙を見つめていたが、

「大学入学？　卒業？　結婚はともかく、あたし、大学なんかいかないよ」

と当然のようにいい放った。

エリコは、「えっ」といったまま、じっと彼女の顔を見つめた。

「大学って、行ったらいいことがあるのかなあ」

「いいことがあるとかないとかじゃなくて、お母さんだって短大を卒業しているんだから、チカにはそれ以上の教育を受けさせてあげたいわ。お父さんがちゃんと養育費も払ってくれているし」

「でもさあ、大学を卒業して就職しても、リストラされるし」

「勉強だけじゃないのよ。大学で新しい友だちと知り合ったりするのも大切よ」

「ふうん」

エリコはあんなに勉強嫌いだったチカが、がんばって公立高校に入学したのは、その先の受験を考えにいれているからだと思っていた。チカが通っている高校は、生徒のほとんど全員が進学するのだ。

「進学しないとなると、いったいどうするの。ちゃんと就職しないで、フリーターなんて嫌よ」

「それはしないよ」

「何か考えてるの」

「ないことはない」

チカはそういい放って、部屋に入ってしまった。

大学に進学しないとなったらどうするのだろう。専門学校に通う選択肢もあるけれど、それだったらそのようにいうのではないか。チカの友だちはどうするのだろうか。高校に入学してほっとしていたのに、またエリコには気になる娘の進路問題が出てきた。おまけにまだ娘にはいえない自分の進路問題まで抱えている。自分がこんな具合なのに、娘の進路について、偉そうにあれこれいう資格なんかあるんだろうかと、頭を悩ませた。

次の小唄《こうた》のお稽古《けいこ》のときには、まだ芸者になるかどうかの決意を、師匠には伝えられなかったが、明らかに稽古が厳しくなった。その日、エリコが弾いていたのは、「石川や」という、石川五右衛門《ごえもん》の唄で、唄い出しは、

〈石川や　浜の真砂《まさご》はつきるとも……〉

ではじまり、最後は台詞《せりふ》で、

〈西国巡礼それ報謝　えいと手裏剣杓《しゃく》で受け　ちょんちょょちょんちょんちょん〉

と勇ましく終わるのだ。ふだんしっとりしている小唄ばかりなので、目先の変わったのをと教えていただいたのだが、

「なんでもかんでも、同じように弾いちゃだめ。『青柳《あおやぎ》の糸』のときもいったでしょ。唄に応じて弾きっぷりも変えなくちゃ。あとで録音したのを聞いてごらんなさい。そんなんじゃ、石川五右衛門は出てこれないわよ」

と注意された。もちろんエリコは自分なりに曲を解釈して、そのつど変えて弾いているつもりなのに、師匠の耳にはそうは聞こえないらしい。

「プロになったらね、自分の得意なものだけを、やっていればいいっていうもんじゃないの。師範になったら一人一人のお弟子さんに対して、教え方を考えなくちゃいけないし、芸者になったらお客様第一。もしお座敷で『石川や』をそんなふうに弾いたら、花代なんかいただけないわ」

エリコは小さくなって、

「よく確認して、さらっておきます」

としかいえなかった。やはり一曲を百回弾かないと身に付かないのかもしれない。これまでのお稽古では、唄を選んでいただいた師匠から、あなたにぴったりの曲といわれて喜んでいたが、これからはそうはいかなくなった。すべてやらせていただくと

いう姿勢にならなければいけないのだと、あらためて肝に銘じた。チカや自分の進路問題で、いまひとつ気持ちがのらないまま、お稽古は終了した。

「美鶴香さんには、これから大手を振って会に出てもらいますからね。場数をふまなくちゃだめよ。会費については、そのつどお話ししますね」

その日は照葉さんはお休みで、相談することもできず、エリコは電車の中でMDを聞きながら、がっくりしていた。

チカはアルバイトから帰ってくると、それから宿題をするので、夜は声をかけるのがはばかられた。ところが朝は朝で遅刻ぎりぎりの時間まで寝ているので、進路について話をするどころではない。ある夜、「石川や」の口三味線をしながら、洗い物をしていると、ドアの外に男女の声がして、チカが帰ってきた。

「おかえり。あらっ」

チカの後ろから姿を現したのは、以前、携帯の画像で見た、彼氏のユウくんだ。

「これ、クニトモユウくん」

「こんばんは」

彼は丁寧に頭を下げた。

「これ、なんてひどいわねえ。口が悪くてごめんなさいね」

エリコがあやまると、

「いえ、慣れてますから」

と笑っている。

「なんだよお」

彼の頭を叩《たた》こうとするチカの腕をつかみながら、

「本当にごめんなさいね」

と再びあやまった。

「いえ、大丈夫です」

笑っている彼の顔を見て、エリコはほっとした。絵に描いたような好青年で、自分よりも娘のほうが、男性を見る目があるかもしれない。そう思いながら、どうぞと室内に招き入れようとした。

「今日は送ってきただけですから。少し遅くなっちゃって、すみません」

再度、すすめても、彼はそれを固辞して帰っていった。

「じゃあね」

「おお」

若い二人の別れの挨拶《あいさつ》は簡単なものだった。

「いい人ね。礼儀正しいし、爽《さわ》やかだし」

　エリコはまるで、自分のボーイフレンドが目の前に現れた気になって、うっとりしてしまった。どういう家庭のお子さんなのかとたずねると、父親は大学教授。母親はお茶の先生と、チカはぶっきらぼうに答えた。

「ええーっ、そんなおうちのお子さんなの。あなたクニトモくんの家に遊びにいったことあるの？　ちゃんと挨拶できた？」

　エリコは冷や汗が出てきた。

「うん、ＯＫ」

　あんたがＯＫでも、親から見たらＯＫじゃないことは、山ほどあるじゃないかと思いながらも、本人がそういうのなら、ああ、そうと納得するしかない。彼は成績は常にトップクラスで、将来は国際関係を研究する政治学者をめざし、大学で政治学を勉強した後、留学も希望しているという。

「あら、すごい。チカもがんばらなくちゃ」

　チカは食卓の上に置いてあった、おかきを食べながら無反応だ。

「進路なんだけど、どうするの。この間は大学には行かないっていっていたけど。行かないんだったらどうするつもりなの。学校で進路面談があったときに、親が何も聞いていませんっていうわけにはいかないから、話して欲しいわ」

しばらくチカはおかきに手を伸ばしていたが、ぼそっと、

「結婚しようとは、話してる」

というではないか。

「えーっ、そ、それでも、ほら、め、面談のときに結婚する予定ですとはいえないから……、もうちょっと何とか……」

エリコは焦《あせ》って娘ににじり寄った。彼のほうは同い年でも、ちゃんと将来の目標を立てているのだから、結婚するつもりなら、それはそれでいいけれど、それまでの自分の身の振り方を考えなさいと、しどろもどろになって話した。

「政治学者ってさ、最初は食べられないんじゃないの。だから私が早めに働いて、お金を貯《た》めて家計の足しにしようかなって」

「高校を卒業して働くつもりなの」

娘がとても現実的な考え方を持っているのはわかったが、政治学者の奥さんになったとして、もしも二人で海外にいったときに、英語のひとつもしゃべれないと、支障をきたすのではないか。大学が嫌ならば、英語の専門学校に通ったらどうかと説得した。クニトモくんは、お母さん一人で大変だからといっても、学校を卒業するまでは

甘えさせてもらって、公立の英語関係の学科を目指したらといっているという。残念ながらチカの現在の偏差値では、国立大学は無理らしい。

「そうね、それがいいかもしれないわね」

さすがクニトモくんと、エリコはうなずいた。

「四年間、もったいないな」

「もったいなくないわよ。自分の身になる勉強をするんだもの。必要な時間だし、それに対してのお金はちゃんと払ってあげるから、私大でもいいのよ。心配しないで」

「ふーん。じゃ、考えてみるか」

チカはそういい残して部屋に入っていった。エリコは食卓の前に座り、チカは幼いときから両親が不仲で、母親が働いている姿を見続けてきたものだから、年齢には不似合いな、現実的すぎる考え方になってしまったのではと、かわいそうにもなった。エリコはチラシの裏に書いた年表を取り出し、チカが大学を卒業する年の欄に、鉛筆で結婚と書き込んだ。

次のお稽古のとき、エリコは師匠の顔を見るなり、

「お願いした件、どうぞよろしくお願いいたします」

と深々と頭を下げた。

「わかりました。師範のお免状についても、すぐに考えなくてはね」

師匠からは、これから先一年間の、師匠に声がかかっている六か所の小唄会のスケジュール表を渡された。近県だけではなく七月には北海道でも催され、特に十一月は毎週末に、会が開かれる予定になっている。

「美鶴香さんはお唄は捨て番用の二曲くらいで、あとはお三味線でいいわね。五曲ぐらい選んでおけばいいんじゃないかしら。照葉さんやお唄の方と相談して決めましょ」

師匠は軽くいったけれど、これから一年かけて、それぞれの曲の「弾きっぷり」を格上げしたり、唄の練習もしなくてはならない。三味線のほうは唄う方の意向に沿うつもりだが、三月に開かれる隣県での会には、以前から会で唄わせていただければと考えていた、「夜桜や」と「昔隅田」はどうでしょうかと、おうかがいを立てた。

〈夜桜や　浮かれ鴉《がらす》がまいまいと　花の木影に誰やらが居るわいな　とぼけさんすな芽吹き柳が　風にもまれて　ふうわりふうわりと　おおさ　そうじゃいな　そうじゃわいな〉

〈昔　隅田に出ていたころは　その名も粋《いき》な都鳥　ハイ　今じゃ所帯じみて　ご覧のとおりの野暮天さ　これからはかもめと本名で　呼んどくれ〉

二曲ともとても洒脱《しゃだつ》な曲で、「夜桜や」は唄っていても弾いていても、心が浮き立ってくるようだし、「昔隅田」も年増《としま》の女心を唄ってはいるが、じめっとしておらず、明るい雰囲気で好きなのだ。

「『昔隅田』はいいけれど、『夜桜や』はだめね」

師匠にきっぱりといわれた。この唄は男性が吉原で浮かれている姿を唄ったもので、内輪の会ならともかく、ホールでの小唄会では、男性はいいけれど、素人《しろうと》の女性は唄わないほうがよいという。ははーっと素直に引き下がり、補欠にしておいた「又の御《ご》見《げん》」を提案すると、問題なく認められた。

〈又の御見を楽しみに　帰した後でふうわりと　鳥が鳴く　君は今駒形《こまかた》あたり　なんとなく昔も今も変らじと　人の情と恋のみち〉

「これは吉原の太夫《たゆう》さんの唄だからいいですよ。太夫っていうのは教養があったでしょう。高尾太夫が詠《よ》んだ句が、このお唄のもとになっているっていわれているの」

小唄の背景にあるいわれも勉強できていない。歌舞伎《かぶき》も観《み》なくてはと思いつつ、舞台はおろか、テレビで放送したのを録画したＤＶＤでさえ、まだ観ていない有様だ。三味線だけを弾いていればいいわけではないのは、よくわかっているけれど、こんなことでプロを目指すと決めていいのだろうかと、不安になってきた。ひとつずつ、師匠に教えていただいているような状況は、全く変わらない。

会は土曜日か日曜日なので、エリコは有休を使うことにして、この先、一年間の届けを出した。昔、ろくに休みもとらずに働いていたおかげでまだ余裕がある。会社が忙しい土日に休むのは気が引けるが、男性の上司や同僚が、

「すごいねえ、がんばって」

と嫌な顔をしないで励ましてくれるので、それに甘えてしまっている。

師匠と照葉さんは、お稽古《けいこ》がはじまる前、

「いつも同じ着物だと、美鶴香さんもつまらないだろうから」

と、これからいくつもの会に出演するエリコのために、着物と帯を五セットも準備してくださっていた。揃《そろ》えられた品々を見て、ありがたくて涙が出そうになった。

「ちょっと当ててごらんなさい」

師匠の姿見をお借りして映してみると、どれも誂《あつら》えたかのように、色合いがエリコにぴったりだった。四セットはお借りしたのだが、一セットは照葉さんが、七月は夏物じゃないとまずいからと、水色の地に波頭が描かれている絽《ろ》の付け下げと、白の絽綴《つづ》れの帯を、小物までつけて譲ってくださった。感激してぽーっとのぼせているエリコに、師匠は、

「会でのお唄《うた》、あなたがお三味線を弾く候補のお唄があがってきたのよ」

と紙を広げた。唄われる方の希望を尊重するとエリコがいうと、曲目は「せかれ」「水指《みずさし》」「わしが思い」「こうもり」と決まった。「水指」は教えていただいたときに、難しい唄で、これを上手に唄えれば一人前といわれると師匠から聞いていた。照葉さんが唄ってくださるという。「こうもり」を弾くのは七月の会だから、いただいた絽の着物を着るのだなと想像すると、顔がにやけてくる。

「それと、『石川や』もね」

弾き方について厳しく叱《しか》られた唄だ。

「蝶子さんが、唄ってくださるって」

「えっ、蝶子さんが」

「ぜひにとおっしゃってね。お座敷に出たつもりで、よーくさらっておいてね」

エリコは汗がじわっと出てきた。格好よく粋な小唄をきりっと唄い上げる、憧《あこが》れのお姐《ねえ》さんのご指名だなんて緊張する。

「ありがとうございます。皆様のご親切に報いるように、これからもっともっとさらって、しっかり弾くようにします」

エリコは真剣な表情で頭を下げた。

チカは進学すると決め、アルバイトを日曜日だけにしたという。

「そうね、受験が終わるまではそうしたら。それで……あのね……」

娘がじっと顔を見ているなかで、芸者になると告白した。チカはきょとんとしている。

「あのね、芸者さんにね、なるの」

「えーっ、芸者さんってみんな若いんじゃないの。かんざしつけてぽっくり履いてさあ」

「あれは京都の舞妓《まいこ》さん。お母さんは踊りを踊るんじゃなくて、三味線を弾くの」

「志村けんの昔のコントで見たことがある」

「あれとはまた違うの。お師匠さんや姉弟子の芸者さんの話を聞いて、どうしても三味線が好きだから、やりたいのよ」

「三味線の先生じゃだめなの」

さすがに母親から芸者になるといわれて、豪快な娘も動揺したらしい。師範の免状も欲しいけれど、でもやっぱり芸者さんになりたいのだと説明すると、チカは黙った。

「クニトモくんのお家《うち》が立派だから、お母さんが芸者だと恥ずかしいかな」

エリコはつぶやいた。

「そんなの関係ないよ。芸者さんだって立派な仕事だし、格好いいじゃん。でもお母さんがってなると……びっくりした」

「そうだよね。相談してなかったものね」

しばらくチカは考えていたが、

「好きにすればいいよ。これまで私のために一生懸命働いてきたんだからさ。これからは自分のことを考えればいいよ」

「会社をやめなくちゃならないから、生活も大変になると思うんだけど。だからといって受験をやめたらだめよ」

チカはうなずいた。ああ、とうとういっちゃったと、ため息をつきつつ、賛成してくれてひと安心した。問題は家計である。年表を取り出して、お金のやりくりである。何度電卓を叩《たた》いてみても、無いお金がわき出てくるわけはなく、いくら試算しても生活の不安はつきない。でももうエリコは後戻りできなかった。

娘が賛成してくれたので、エリコは意を強くして、いちおう報告をと母に電話をした。

「チカちゃんは元気にしてる？　受験の心配もしなくちゃねえ」

「そうなの。やっと気合をいれて受験勉強をはじめたわ。おばあちゃんはどう？」

「元気にしてるわよ」
「そう、よかった。あのね……」
エリコは芸者になると話した。これまで彼女の望む事柄にはなんでも、うなずいてくれていた母は、喜んでくれるはずだった。ところが、耳に入ってきたのは、
「何を考えてるの。あなた自分がいくつだと思ってるの。大きな娘もいるっていうのに、変なこといわないでちょうだい」
というこれまで聞いた覚えがない母の怒鳴り声だった。息を呑《の》んでいると、若い娘のように、ぽーっと芸者の姿に憧れているだけじゃないか、生活はどうするのか、とにかく目を覚ませと、次から次へと文句をいわれた。そしてそのあげく、チカだって、母親が芸者だなんて、恥ずかしくて人にいえないはずだ、などといいはじめた。たしかにチカにも恥ずかしくないかと聞いたのは事実である。本当の芸者さんの姿を
ず、色眼鏡で見る人がいるのも事実だ。師匠からは自分にやましいところが
堂々としていればいい。よくいわれるのも悪くいわれるのも、本人次第
た。チカはちゃんとわかってくれた。会を観に来たとき、母だって
ていたのだ。
「どこが悪いの。自分の技術で身を立てているのに、恥

にもないわ」

「だって男の人の相手をする仕事でしょ」

自分は地方《じかた》だから、たしかにお座敷で弾く機会もあるだろうけれど、お酌をしたりするのが第一の仕事ではないし、最近は和物のイベントに出る仕事も多いのだと説明した。

「イベントなんて、タレント気取りね。若い娘じゃあるまいし」

母は不愉快さを丸出しにして、聞く耳を持たなかった。そのあげく、

「あーあ、ケンジさんとうまくいってたら、こんな話にはならなかったのに。離婚するのが早過ぎたのよ」

と過去を蒸し返す。

「もうわかったわよ。私の気持ちは変わらないから。嫌だったら親子の縁を切ってちょうだい」

エリコは想像もしていなかった母の言葉にカッとして電話を切った。

それから母に理解してもらうべく、何度も電話をかけようとしたが、エリコはどうしても電話をかけられなかった。はじめて母に罵《ののし》られたショックもあり、自分がせっかく新しい一歩を踏み出そうとしているのに、水をさされるのも嫌だった。結婚に失敗し、仕事でもあまり満足感が得られず、この年齢になってやっと自分の生きる道を見つけたのに、それを親に全否定されるのは、腹も立つし辛《つら》い。しかしエリコには、考え直すという選択はなかった。母の賛成が得られないまま、エリコは芸者への転身に向かって、突っ走るしかなかった。その後すぐに、母に話を聞いた祖母から電話があって、

「いざとなったら、私が今住んでいる家を売ったらいいんだから、気にしないで芸

さんにおなり。立派な女の人の仕事なんだから、恥じることなんかないよ」

と励まされて泣いてしまった。祖母の言葉をありがたく受け止めて、

た。

師匠にくっついていった小唄会《こうたかい》では、よく弾けたときは、

「よかったわね」

とだけいわれ、だめなときは何もいわれない。どこが悪かったと具体的にいわれないのが、毎回プレッシャーになった。会ではご挨拶《あいさつ》の連続で、演奏はあっという間に終わってしまう。演じているのは十分足らずなのだから、みなさんにご挨拶をしている時間のほうがずっと長いのだ。そして次の会で顔を合わせると、お師匠さん方はみな、エリコを覚えているので、へたなことは絶対にできなかった。

蝶子姐《ねえ》さんのご指名で弾かせていただいた「石川や」のとき、出番が終わると蝶子姐さんからは、

「よくできました」

とさらりといわれ、師匠は無言だった。やってしまったかと落ち込んでいると、照葉さんが、

「大丈夫、ちゃんと弾けてたわよ。芸者はね、みんなそれなりにライバルだから、べた褒めなんかしないのよ。お姐さんにそういってもらっただけでも、よしとしなくっちゃ。黙っていても、見ている人はちゃんと見てくれているから大丈夫」

と慰めてくれた。

エリコは自分が頑張った分、人に対して褒め言葉を期待していたとわかって、恥ず

かしくなった。

最後の会が終わって、師匠にお借りしていた三味線を返そうとすると、

「ずっと弾いているから、手になじんできたでしょ。あなたの音にもなっているし。差し上げるから、大事に使ってね」

師匠は三味線をていねいにつや布巾《ぶきん》で拭《ふ》いて、ケースの中にしまい、手渡してくれた。エリコは何度も御礼をいって、両腕でケースを抱えるようにして、家に帰った。

一年間の小唄会が終わると、今度はチカの入試である。ふがいない母には頼らず、先生やユウくんとも相談して、いくつか志望校を絞っていた。英文学科よりも、外国語学科のほうが英語を話すには現実的だ、などと携帯で話しているのを聞くと、入試には前向きになっているようで、エリコは胸を撫《な》で下ろした。ほったらかしにしているわけではないが、最近は自分の面倒を見るのでさえ、大変になってきていた。お稽《けい》古《こ》で習う曲数も、

「いくらこれから覚えればいいっていってもね、何も知らないんじゃまずい
という師匠の方針で、一度に三曲を並行してやるようになっていて、
端《は》唄《うた》、俗曲のなかから、一曲が必ずプラスされるようになった。

船々」は、聞き覚えもあり、苦手な二上りでもその場ですぐに

〈猫ぢゃ猫ぢゃとおっしゃいますが　猫が猫が足駄はいて　絞りの浴衣《ゆ》でく
オッチョコチョイノチョイ　チョコチョイノチョイ〉

という「猫ぢゃ猫ぢゃ」は同じ二上りなのに、勘所を押さえる場所を、瞬間的に間違えそうになる。エリコの心中を知ってか知らずか、師匠は、

「二上りついでに、『ぎっちょんちょん』もやっときましょうかね」

と端唄、俗曲が三曲になる日もある。

〈丸い玉子も切りよで四角　ぎっちょんちょん　ぎっちょんちょん　物も言いよで角が立つ　おやまかどっこい　どっこい　どっこい　よーいやな　ぎっちょんちょん　ぎっちょんちょん〉

どれもいかにも酒席、宴席にぴったりの、楽しい軽めの曲だが、これもまた弾きっぷりが難しい。

「しっとり系と、楽しい系を交互に弾くとなったら、大変ですねえ」

思わずつぶやいたら、師匠は、

「それは練習になるわね。今度からそうしましょう」

という話になってしまい、藪《やぶ》を突《つつ》いてヘビを出したエリコは、笑っている師匠の前で、どんよりと気分が重くなった。

地方《じかた》希望者は見番《けんばん》の試験官の前で、三味線を弾かなくてはならない。今回試験官になるらしい蝶子姐さんに師匠が、

「どんな感じでしょうかねえ」

と探りをいれたら、「長唄一曲と、小唄一曲くらい。途中で調子を変える曲だと、より印象がよくなるかもしれない」といっていたという。

「美鶴香さん、いちおう長唄の『松の緑』の前弾きだけでいいから、やっておきましょ。あなた、撥《ばち》を使ったことないでしょ。とりあえず今日は私のを貸してあげるから、帰りに三味線屋さんで木撥を買ってらっしゃい。それと途中で調子を変える『巽《たつみ》やよいとこ』もさらっておかないとね」

難題山積みである。師匠には長唄は小唄と違って常間《じょうま》だから、すぐに覚えられるとはいわれたが、曲はともかく、胴の上部に貼《は》ってある半月形の撥皮に撥先を当てろといわれても、爪弾《つまび》きで慣れているので、どうしてもうまくいかない。こんな付け焼刃でいいのかと不安はつのるばかりだ。

唄の途中で調子を変えるのも大変だ。「巽やよいとこ」は日本画家の伊東深水が唄の文句を書いた、短いけれど粋《いき》で洒脱《しゃだつ》な小唄だ。

〈巽やよいとこ　素足があるく　羽織ゃお江戸のほこりもの　八幡鐘《はちまんがね》が鳴るわいな〉

最初は三下りではじまり、「八幡鐘〜」の部分から本調子になる。「ほこりもの」の部分は唄の聞かせ所で、三味線の伴奏はないので、その間にぴったりと本調子に合わせていなくてはならない。もちろん調子が合っているかと、試し弾きなどできない。三の糸の糸巻を締める手の感覚ひとつが勝負なのだ。伴奏をしているだけでも冷や汗ものなのに、見番では唄い弾きである。唄っている間も気が気ではない。

「糸巻は一回でぴしっと締めなくちゃだめよ。上げ下げしていたら、絶対にわからなくなるから。どのくらいの手加減で、調子が変えられるか練習しておいて」

師匠にはきっちりといい渡された。新たに木撥まで使って三味線をさらっているのを見たチカには、劇画みたいに、背中からごおおおおーっと、炎が燃え上がってるようだと笑われた。

「そりゃあ、必死だもの。背中から火ぐらい出るわ」

エリコの腹は、誰に反対されようと固まっていた。試験のときはお弁当を作り、母親らしいことはできたが、あとはほとんどほったらかしだった。もしも全部落ちたら私のせいだと、エリコは申し訳なく思っていたが、まず第三志望の外国語学部に合格したので、心からほっとした。チカがちゃんとやってくれたと感謝したくなった。すでに母たちには報告し、ケンジにも連絡したと聞いたエリコは、このところずっと自分のことにかまけていて、そういえばそういう人もいたと、あらためて思い出した。

「とっても喜んでたよ。そうだ、お母さんが芸者さんになるっていったら、ものすごくびっくりしてた」

彼はチカの父親ではあるが、自分とはもう何の関係もない。ふーんといいながら話を聞いていると、

「あの歳《とし》で芸者になるなんて、誰かいい旦那《だんな》でもできたのかって、いってたよ」

エリコは呆《あき》れ、その件にはそれ以上触れずに、

「あと二つ試験があるけど、もうひと頑張りしようね」

とチカを励ました。

結局、チカは第一志望は不合格だったものの、第二志望にも合格した。ユウくんは第一志望に見事合格し、チカの第二志望校が彼の大学の近くなので、「ラッキー」を連発して喜んでいた。もしかしたら、本当にこの二人は縁があるのかもとエリコは思った。

女四人でささやかに、チカの合格祝いの食事会をしたが、母はエリコを避けているのか、目を合わそうとも、話しかけようともしなかった。高齢の祖母が気を遣って、

場を明るくしようとしていたのが申し訳なかった。エリコの今後について、話が全くでなかったのは、逆によかったかもしれない。もしもその話になったら、母と大げんかになってしまう可能性があったとエリコは考えた。母の顔を見て再び腹が立ってきたのは、芸者を男性の相手をする仕事としか考えていないようにいわれたことだった。芸事を極めていく、立派な仕事なのに、そこを理解してもらえないのが、悔しく残念であり、だから余計、私がそうではないところをみせてやると、母の理解のない言葉と、自分を避ける態度とをバネに、エリコはより気合が入った。

チカの入学式が済んだ翌月、見番で試験が行われた。一張羅の角通しに、締めているといつもいいことが起こったという、師匠の七宝の袋帯をお借りして、緊張して控え室に入った。そこにはすでに数人の希望者が待機していた。

「みなさん、若い方ばかりですね」

師匠にささやくと、

「歳を首からぶら下げているわけじゃないし、歳の若い順に合格するわけでもないんだから。それにみんな若く見えるけど、意外に歳がいってるかもしれないわよ」

と彼女たちの顔を見ながらいっている。エリコの順番はいちばん最後になり、やっぱり年齢の順かしらと勘ぐりたくなった。彼女たちは次々に試験場に入っていき、しばらくすると唄と三味線が聞こえてきた。よく弾けているなと感心したり、間違えたのがわかると、こちらの体も硬くなる。弾いている曲は長唄あり、小唄ありと、まちまちだ。

名前を呼ばれ、エリコは帯の間に調子笛、袂《たもと》に膝《ひざ》ゴム、師匠から借りた象牙《ぞうげ》の撥を手に、試験官の前に正座をしてお辞儀をした。師匠は少し離れて座っている。顔を上げると、蝶子姐さん、お姐さんよりやや若い芸者さん、もう一人、背広姿の年輩の男性がいて、横並びに座っている。顔見知りの蝶子姐さんのほうばかり見ないように気をつけて、三味線を自分の声の高さの、五本の本調子にしておいた。

「『散りかかる』や『巽やよいとこ』は弾けますか」

男性が口を開いた。「散りかかる」は教えていただいていないが、二上りから三下りに調子が変わるのは、唄本に記載があったので知っていた。「巽……」をやっておいてよかったと、内心ほっとした。

「『巽やよいとこ』でお願いいたします」

本調子にしていた三味線を三下りに合わせ、唄い弾きをはじめた。いつもと同じように、心臓が飛び出しそうだったが、調子を変えるところも何とかクリアして、最後までできた。

「ありがとうございました。次は何でもいいので、春の小唄をやってみてください」

そうか、そういう場合もあったかと、うろたえながら、小唄会で弾けなかった「夜桜や」にした。これも無難に終わり、ほっとしていると、彼が、

「長唄はどうですか」

と痛いところを突いてきた。エリコは正直に、小唄からはじめたので、「松の緑」の前弾きのところしか知らないというと、それでもよいのでといわれ、慣れない撥を手に、どきどきしながら弾き終わった。

「はい、結構です。ご苦労様でした」

男性にきっぱりといわれ、お辞儀をして控え室に戻ると、師匠が、

「春の小唄なんて、急にいわれてびっくりしちゃった。でも、どれもよく弾けましたよ」

と背中を撫でてくれた。

エリコは見事、試験に合格した。やったーと両手を挙げたくなるような、達成感や満足感も少しはあったけれど、これから先、プロとして生活していく厳しさに、喜びよりも緊張のほうが勝っていた。

「ど素人《しろうと》の私を、ここまでにしていただいて、本当にありがとうございました。まさか、こんな日がくるとは思ってもいませんでした」

「これが第一歩ですからね。あなたはプロとして生きていくと決めたのですから、すべてそれに恥じないような行いをしないといけませんね」

師匠は最初は笑っていたが、あとはずっと真顔だった。

帰ってチカに話すと、

「へえ、よかったね」

とあっさりしたものだ。

「ミエコちゃんたちに連絡してみてくれる？　お母さんは電話をしづらいのよ」

事情を知っているチカはうなずいて、母の家に電話をし、その次に祖母の家にかけてくれた。携帯を渡されたエリコは、合格したと話した。

「よかったねえ。おめでとう。これからが大変だけどさ、夢がかなったんだから。がんばってね。困ったときは何でもいってよ」

祖母の優しい言葉に、また涙が出てきた。母にはどうしても、直接、合格したとはいえなかった。まだ、話せば話しただけ、喧嘩《けんか》になりそうな気がしていた。

今まで芸者の件については黙っていた会社にも、正直に話して退職願を提出した。

小唄《こうた》の用事で有休を何日もとっているのはみな知っていたが、まさか芸者になるとは、誰も想像していなかったので、社内は大騒ぎになった。どすどすと足音荒くやってきた、定年間近の上司の金メッシュには、

「芸者さんになるんですって？　大変な転身だこと。あなたがねえ。あらあ」

とじろじろ全身を見られた。みんな具体的に芸者の地方の仕事の内容がわからないので、よかったねとも、おめでとうとも、はっきりといいにくいようで、なりたかったのなら、よかったねという、消極的に祝福してくれる人がほとんどだった。上司からは、

「お座敷に呼んであげたいが、この不況で難しいと思う。ごめん」

と早々とあやまられてしまった。今までいちばん驚いた退社理由といわれつつ、願いは受理された。

師匠とは、これからについて話し合った。名前は名取名から「鶴香《つるか》」に決めた。お稽古《けいこ》は新たに長唄をはじめることに決め、芸者には欠かせない茶道も教えていただくことになった。「とらとら」という、加藤清正は虎《とら》に強く、虎はおばあさんに強く、おばあさんは加藤清正に強いというお座敷遊びの三味線や、扇を投げて点数を競う投《とう》扇興《せんきょう》の仕方も、これから「おかあさん」になる師匠に教えていただいた。美笹会の師

範の試験については、今年はあわただしいので、来年に先送りとなった。

というのも、日本髪に黒い引き着の芸者の正装で、置屋、料亭など、地域の花柳界関係の場所を、八十軒近く挨拶《あいさつ》して回るお披露目を、十一月にやると師匠からいわれたからである。立方《たちかた》ならばあでやかだから、それもわかるけれど、自分は地方なのにとエリコが驚くと、

「地方さんだって芸者でしょ。やらないと私が困るのよ」

花柳界のしきたりについては、全くわからない。これからこの世界で生きると決めたのだから、すべておかあさんにおまかせすることにした。

実の母とはずっと全く連絡を取っていなかった。チカによると、彼女の携帯には、母親が芸者だなんて、恥ずかしくていえないだろうから、やめるように説得しろと、何度も母から電話やメールがあったという。

「ほっとけばいいんじゃないの。もう決めたんだし」

チカの言葉にエリコは背中を押されるような気がして、これからやらなければならない事柄に集中した。

芸者は着物がなければ話にならないので、おかあさんや照葉さんたちが譲ってくれた着物で足りない分を、浴衣《ゆかた》と江戸小紋を誂《あつら》えた呉服店で揃《そろ》えた。最低、毎月着物が

二枚。帯、小物、草履、コート類も必要で、これは自腹である。おかあさんが、置屋がお金を立て替えて、抱えさんの借金にするのは好きではないというので、そうなったのだが、エリコもそのほうが気楽だった。もちろん貯金はごっそり減った。

「これがお披露目のときの着物。私が着たものよ」

おかあさんは茶色の桐箱《きりばこ》に入った、黒い引き着を広げて見せてくれた。裾模様《すそもよう》の松と鶴《つる》の美しい刺繍《ししゅう》に目を奪われる。横のほうにちょこっと亀《かめ》が登場している柄行きも面白い。黒地で裾模様だから、丈の長い黒留袖《くろとめそで》のようなものかと思っていたが、粋筋《いきすじ》の意匠は全く別物だった。それに合わせる金色の丸帯は、亀甲《きっこう》の中に菊を織りだした豪勢なものだった。こんな美しいものを着せてもらえるなんて、まるで夢のようだとエリコはうっとりした。

その夢の日は、あっという間にやってきた。日本髪の鬘《かつら》や着物を見て、まるで和装の花嫁になるような気持ちになった。あちらは白無垢《しろむく》、こちらは黒だが。化粧は下地の油を手のひらで温めながら練り、それを顔から首のほうまでよく伸ばす。そしてその上に水白粉《みずおしろい》を板刷毛《いたばけ》で塗り、その上から大きなスポンジで叩《たた》いて密着させる。鏡のなかにいるのは、眉《まゆ》をしっかりつぶされた、真っ白い塗り壁だ。思わず噴き出すと、おかあさんは、

「それは土台。これからきれいになるのよ」

と笑っている。眉を引き、紅をさすとそれなりに顔は出来上がり、すべてが終わるとまるで日本人形のような芸者姿に仕上がった。

「鶴香ちゃん、きれいよ。最近、こんなきれいな芸者、みたことないわ」

すでにおかあさんは、身贔屓《みびいき》している。そのときチカとユウくんが、両側から祖母の手を引いてやってきた。母の姿はない。チカはエリコの姿を見て、一瞬、目を丸くした後、あはははははと笑いながら、

「小梅太夫《だゆう》みたい」

といい放った。たしかに自分でも噴き出したが、小梅太夫は男性ではないか。これは女装じゃない。性格のいいユウくんと祖母が、お世辞ではない顔で「きれい」といってくれたのが、何よりの心の支えだった。

支度が済むとあとは、ただひたすらお披露目の品物を持って、挨拶回りである。

「鶴香です。よろしくお願いいたします」

品物を渡し、お辞儀をして、を繰り返していると、頭と着物の重さで、体の重心が不安定になって、ふらついてくる。

「ちょっと止まって。背筋を伸ばして大きく深呼吸。はい、がんばりましょう」

おかあさんからは活を入れられる。

（はあ……、こんなに大変だとは……）

エリコは顔だけはにこやかにしようとつとめたが、正直いってきつい。照葉さんから教えてもらった、裏の苦労話も次々に頭に浮かんできた。

（でも、私は決めたんだもの）

エリコはもう一度、褄《つま》をぎゅっと上げ、深呼吸をして背筋を伸ばし、次の置屋に向かって歩いていった。

怒濤《どとう》のお披露目が終わった翌日、エリコはドアの閉まる大きな音で目が覚めた。どうやらチカが学校に行ったらしい。ドアを静かに閉めろと、子供の頃からいい続けているのに、あわてるとつい勢いよくドアを閉める癖が残っている。洗面所で鏡を見ると、疲れた顔が映っている。結婚式もしなかったから、もしかしたら昨日のお披露目が、一生でいちばん華やかなイベントだっただろうに、悲しいかな表情に年齢が表れていた。

しかし今日からはそんなことはいっていられない。プロとしての日々がはじまるのだ。午前中からきちんと着物を着て、さまざまなお稽古《けいこ》をし、午後からはきちんと髪を結いお座敷用の着物に着がえて、置屋のおかあさんでもある師匠の家で待機していなくてはならない。また師匠から人前で弾く三味線はいただいてしまったが、家でお稽古をする三味線も、今まで使っていた素人《しろうと》さん用ではなくて、ちゃんとしたものをお買いなさいといわれたので、三味線屋さんにも注文しなくてはならない。美容院で日髪を結ってもらう余裕もまだないので、自分で手早くまとめる方法も、密《ひそ》かに練習していた。

プロとしての出勤第一日目は、おかあさんにいただいた緑色の鮫小紋《さめこもん》に、錆朱色《さびしゅいろ》の濃淡で亀甲《きっこう》を織り出した袋帯を締めた。今どきの着物と帯の合わせ方とは少し違い、昭和風ではあるが、髪をまとめて三味線を持つと、こういったコーディネートのほうが、落ち着くというのも、芸者さんの姿から学んだ。余分なものが何もない和室では、着物と帯が同系色よりも、コントラストがついているほうが、なぜか映えるのである。

「芸者はね、一歩外に出たら芸者なの。だらしない格好をしたり、見苦しいことは絶対にしないで欲しいの、いくら他人があなたを芸者だって知らなくても、いつ何時、誰に見られても恥ずかしくない、そういう気持ちを持って」

おかあさんにはきつくいい渡されていた。なのでエリコは、花柳界とは全く関係ない住宅地から、きちんと身支度を整えて背筋を伸ばし、三味線ケースを手にしてご出勤である。エリコが意識していなくても、周囲の人々は彼女の姿を見て、素人の女性が着物姿で歩いているのとは違う雰囲気を感じ取っていた。通り過ぎる人が、「あれっ」という表情でエリコを見る。花柳界が地元にあるような地区だと、住人もそういう反応はしないのだろうが、エリコの住んでいる場所では、浮いて見えるのだろう。

置屋に到着すると、すぐお稽古である。もちろん師匠との小唄《こうた》の稽古もあるし、見《けん》番《ばん》で茶道、華道、長唄、鳴り物のお稽古をはじめた。自分が得意な楽器の他に、もうひとつお稽古をしなくてはいけないといわれたので、太鼓を選んだのだった。長唄は三味線の基本なのに、それをすっとばして小唄をはじめてしまったので、長唄の男性の師匠に、基本ができていないくせに……といわれるのではないかと緊張した。その旨《むね》、お話しすると、

「ああ、そう」

とそれだけしかいわれなかったので、ちょっとほっとした。

みっちりとお稽古した後は、置屋で待機である。師匠にはお弟子さんたちへのお稽古があるが、エリコには何もない。何もないといってもぼーっとしているわけにはいかないので、お弟子さんたちの邪魔にならないように、お稽古の部屋から聞こえてくる音色に合わせ、以前、習った曲でもあり、三味線を手にして小さく音を出して練習していた。すると、それを知った師匠から、

「プロのあなたが、素人さんの音に合わせて手慣らしする必要がありますか。あなたはあなたのプロとしての練習をなさい」

と叱《しか》られ、エリコは自分の自覚のなさを恥じた。

それからすべてのお稽古に身をいれて、午後は置屋で待機をしていたが、それが報われるお座敷がかかる日は、一週間に一日もなかった。師匠や照葉さんのご贔屓《ひいき》の方が、エリコがお披露目したと知って呼んでくださったのが最初のお座敷で、見番から渡された、お出先や時間などが書いてある「逢《あ》い状《じょう》」をしげしげと見つめてしまった。お座敷は小菊さんも一緒で、彼女の笑顔を見てエリコの緊張が少しほぐれた。初日と同じ姿で、師匠と共にお座敷でご挨拶《あいさつ》をすると、

「よく芸者の道を選んだねえ。立派、立派」

といいながら杯をくださった。来年、九十歳になる彼にとっては、若い頃から知っている師匠は、まだ「この子」であり、小菊さんは「赤ん坊」にしか見えないと笑っていた。

「この子も照葉もね、いい三味線を弾くんだよ。すばらしいお手本があるんだから、あんたもがんばりなさいよ。こういう文化は絶対になくしちゃいけないんだから。本物を伝えてくださいよ」

エリコは身がひきしまる思いがした。その夜は、彼の唄で「夜桜や」「勝名のり」を弾き、

「なかなかいいよ」

といっていただいたが、心から満足されてはいないのがわかり、まだまだ精進しなくてはと深く反省した。収入は安定しないし、貯金の取り崩しをしつつ生活しているような有様だ。母からは全く連絡がない。チカによると、いまだに怒っているらしい。それでもエリコの毎日は、充実していた。見番でのいろいろなお稽古も、いい歳《とし》をして知らないことばかりで、二十代の若い芸者さんの前で恥をかいているが、新しく物事を覚えるのは楽しい。お座敷がかかる回数はとても少ないけれど、今は自分の芸をもっと向上させる時期だと割り切るようにした。

置屋でずっと待機しているエリコを見て、おかあさんは、

「お茶を挽《ひ》いてばっかりねえ。この間もお出先が一軒、減ってしまったしね」

と苦笑いをしている。

「久々に抱えていただいたのに、鶴香はお役に立てなくすみません」

とエリコが頭を下げると、師匠は、

「あら、そんなことはないわよ。今度のイベントでもがんばってもらわなくちゃ」

という。二か月後に、区の主催で開かれる、「芸者さんと親しむ」というイベントがあり、エリコも地方《じかた》のお姐《ねえ》さんと一緒に、小唄や俗曲を数曲弾く予定になっている。緊張はしているけれど、とても楽しみだ。母に電話をして、来てもらえないかと誘っ

てみる気にもなってきた。

「ちょっとさらいましょうか」

おかあさんの言葉に、

「はい」

とエリコは明るく返事をして、新調したお稽古三味線を手にした。そして全く飽きることがない、三味線の音色に包まれて、幸せな気持ちになっていた。

この作品は平成二十二年十月新潮社より刊行された。

さくらももこ著

そういうふうにできている

ちびまる子ちゃん妊娠!? お腹の中には宇宙生命体=コジコジが!?期待に違わぬスッタモンダの産前産後を完全実況、大笑い保証付!

さくらももこ著

憧れのまほうつかい

17歳のももこが出会って、大きな影響をうけた絵本作家ル・カイン。憧れの人を訪ねる珍道中を綴った、涙と笑いの桃印エッセイ。

さくらももこ著

さくらえび

父ヒロシに幼い息子、ももこのすっとこどっこいな日常のオールスターが勢揃い! 奇跡の爆笑雑誌「富士山」からの粒よりエッセイ。

さくらももこ著

またたび

世界中のいろんなところに行って、いろんな目にあってきたよ! 伝説の面白雑誌『富士山』(全5号)からよりすぐった抱腹珍道中!

西原理恵子著

パーマネント野ばら

恋をすればええやんか。どんな恋でもないよりましやん。俗っぽくてだめだめな恋に宿る、可愛くて神聖なきらきらを描いた感動作!

西原理恵子著

西原理恵子の太腕繁盛記
—FXでガチンコ勝負!編—

自腹1千万円でFX投資に初挑戦、目指すは借金1億6千万円返済?! とびちる印税、はがれる偽善顔。大爆笑のガチンコ奮闘記!

高峰秀子著
わたしの渡世日記（上・下）
日本エッセイスト・クラブ賞受賞
昭和を代表する大女優には、華やかな銀幕世界の裏で肉親との壮絶な葛藤があった。文筆家・高峰秀子の代表作ともいうべき半生記。

高峰秀子著
にんげんのおへそ
撮影所の魑魅魍魎たちが持つ「おへそ」とは何か？　人生を味わい尽くす達人が鋭い人間観察眼で日常を切り取った珠玉のエッセイ集。

高峰秀子著
台所のオーケストラ
「食いしん坊」の名女優・高峰秀子が、知恵と工夫で生み出した美味しい簡単レシピ百二十九品と食と料理を題材にした絶品随筆百六編。

中沢けい著
楽隊のうさぎ
吹奏楽部に入った気弱な少年は、生き生きと変化する——。忘れてませんか、伸び盛りの輝きを。親たちへ、中学生たちへのエール！

中沢けい著
うさぎとトランペット
呼吸を合わせて演奏する喜び、ブラスのきらめく音に宇佐子の心は解き放たれていく——トランペットに出会った少女の成長の物語。

平松洋子著
焼き餃子と名画座
—わたしの東京　味歩き—
どじょう鍋、ハイボール、カレー、それと……。あの老舗から町の小さな実力店まで。山の手も下町も笑顔で歩く「読む味散歩」。

宮部みゆき著

模倣犯

芸術選奨受賞（一～五）

邪悪な欲望のままに「女性狩り」を繰り返し、マスコミを愚弄して勝ち誇る怪物の正体は？著者の代表作にして現代ミステリの金字塔！

宮部みゆき著

理由

直木賞受賞

被害者だったはずの家族は、実は見ず知らずの他人同士だった……。斬新な手法で現代社会の悲劇を浮き彫りにした、新たなる古典！

宮部みゆき著

英雄の書

（上・下）

中学生の兄が同級生を刺して失踪。妹の友理子は、〝英雄〟に取り憑かれ罪を犯した兄を救うため、勇気を奮って大冒険の旅へと出た。

江國香織著

ぬるい眠り

恋人と別れた痛手に押し潰されそうだった。大学の夏休み、雛子は終わった恋を埋葬した。表題作など全9編を収録した文庫オリジナル。

江國香織著

雨はコーラがのめない

雨と私は、よく一緒に音楽を聴いて、二人だけのみちたりた時間を過ごす。愛犬と音楽に彩られた人気作家の日常を綴るエッセイ集。

江國香織著

ウエハースの椅子

あなたに出会ったとき、私はもう恋をしていた。出会ったとき、あなたはすでに幸福な家庭を持っていた。恋することの絶望を描く傑作。

あさのあつこ著

ぬばたま

山、それは人の魂が還る場所——怯えと安穏、生と死の間に惑い、山に飲み込まれる人々の姿を描く、恐怖と陶酔を湛えた四つの物語。

瀬尾まいこ著

天国はまだ遠く

死ぬつもりで旅立った23歳のOL千鶴は、山奥の民宿で心身ともに癒されていく……。いま注目の新鋭が贈る、心洗われる清爽な物語。

瀬尾まいこ著

卵の緒

坊っちゃん文学賞受賞

僕は捨て子だ。それでも母さんは誰より僕を愛してくれる——。親子の確かな絆を描く表題作など二篇。著者の瑞々しいデビュー作！

梨木香歩著

西の魔女が死んだ

学校に足が向かなくなった少女が、大好きな祖母から受けた魔女の手ほどき。何事も自分で決めるのが、魔女修行の肝心かなめで……。

梨木香歩著

家守綺譚

百年少し前、亡き友の古い家に住む作家の日常にこぼれ出る豊穣な気配……天地の精や植物と作家をめぐる、不思議に懐かしい29章。

梨木香歩著

渡りの足跡

読売文学賞受賞

一万キロを無着陸で飛び続けることもある壮大なスケールの「渡り」。鳥たちをたずね、その生息地へ。奇跡を見つめた旅の記録。

堀江敏幸著

雪沼とその周辺

川端康成文学賞・谷崎潤一郎賞受賞

小さなレコード店や製函工場で、旧式の道具と血を通わせながら生きる雪沼の人々。静かな筆致で人生の甘苦を照らす傑作短編集。

堀江敏幸著

河岸忘日抄

読売文学賞受賞

ためらいつづけることの、何という贅沢！　異国の繋留船を仮寓として、本を読み、古いレコードに耳を澄ます日々の豊かさを描く。

堀江敏幸著

おぱらばん

三島由紀夫賞受賞

マイノリティが暮らす郊外での日々と、忘れられた小説への愛惜をゆるやかにむすぶ、新しいエッセイ／純文学のかたち。

阿川佐和子著

オドオドの頃を過ぎても

大胆に見えて実はとんでもない小心者。そんなサワコの素顔が覗くインタビューと書評に、幼い日の想いも加えた瑞々しいエッセイ集。

阿川佐和子著

スープ・オペラ

一軒家で同居するルイ（35歳・独身）と男性二人。一つ屋根の下で繰り広げられる三つの心とスープの行方は。温かくキュートな物語。

阿川佐和子著

婚約のあとで

島清恋愛文学賞受賞

姉妹、友人、仕事仲間としてリンクする七人。恋愛、結婚、仕事、家庭をめぐる各人の心情と選択は。すべての女性必読の結婚小説。

新潮文庫最新刊

帯津良一
幕内秀夫著
「快楽」は体にいい
—50歳からの免疫力向上作戦—
自然治癒力の第一人者と『粗食のすすめ』で知られる管理栄養士が、快楽と健康を縦横無尽に論じた、心と体にやさしい生き方指南。

松本修著
どんくさいおかんがキレるみたいな。
—方言が標準語になるまで—
ついこの間まで方言だった言葉が一気に共通語化する——。この怪現象に辣腕TVプロデューサーが挑む。笑って学べる方言学講座。

みうらじゅん著
やりにげ
AVの女、ピンクローターの女、3Pの女……。忘れられない女たちとのあんなコトこんなコト。エロを追求し続けた著者の原点!

池谷孝司編著
死刑でいいです
—孤立が生んだ二つの殺人—
疋田桂一郎賞受賞
〇五年に発生した大阪姉妹殺人事件。逮捕された山地悠紀夫はかつて実母を殺害していた。凶悪犯の素顔に迫る渾身のルポルタージュ。

富坂聰著
中国という大難
世界第二位の経済大国ながら、環境破壊や水不足など多くの難題を抱える中国。その素顔を、綿密な現地取材で明らかにした必読ルポ。

田中徹
難波美帆著
頭脳対決! 棋士vs.コンピュータ
渡辺明三冠推薦! 女流棋士清水市代とコンピュータの激戦ルポ&「知力」に挑む人工知能開発の道程を追う科学ノンフィクション。

ぎっちょんちょん

新潮文庫　む－8－21

平成二十五年五月一日発行

著者　群《むれ》ようこ

発行者　佐藤隆信

発行所　株式会社 新潮社

郵便番号　一六二—八七一一
東京都新宿区矢来町七一
電話 編集部(〇三)三二六六—五四四〇
読者係(〇三)三二六六—五一一一
http://www.shinchosha.co.jp

価格はカバーに表示してあります。

乱丁・落丁本は、ご面倒ですが小社読者係宛ご送付ください。送料小社負担にてお取替えいたします。

印刷・大日本印刷株式会社　製本・憲専堂製本株式会社

ISBN978-4-10-115931-7 C0193